Maigret
Band M40

Georges Simenon, geboren 1903 im belgischen Lüttich, gestorben 1989 in Lausanne, gilt als der »meistgelesene, meistübersetzte, meistverfilmte, mit einem Wort: der erfolgreichste Schriftsteller des 20. Jahrhunderts« *(Die Zeit)*. Seine erstaunliche literarische Produktivität (75 Maigret-Romane, über 117 weitere Romane), viele Ortswechsel, zwei Ehen und unzählige Frauen bestimmten sein Leben. Rastlos bereiste er die Welt, immer auf der Suche nach dem, »was bei allen Menschen gleich ist«. Das macht seine Bücher bis heute so zeitlos.

Georges Simenon

Maigret und sein Revolver

Roman

Aus dem Französischen von
Hansjürgen Wille, Barbara Klau
und Svenja Tengs

Atlantik

Die französische Originalausgabe erschien 1952 unter dem Titel
Le revolver de Maigret im Verlag Presses de la Cité, Paris.
Die deutsche Erstausgabe erschien 1956 im Verlag
Kiepenheuer & Witsch, Köln.
Die Übersetzung wurde für die vorliegende Ausgabe von
Svenja Tengs grundlegend überarbeitet.

Atlantik ist ein Imprint des
Hoffmann und Campe Verlags, Hamburg.

1. Auflage 2023

www.hoffmann-und-campe.de
Umschlaggestaltung: © Rothfos & Gabler, Hamburg
Umschlagabbildung: © Arcangel / Christie Goodwin
Satz: Tristan Walkhoefer, Leipzig
Gesetzt aus der Stempel Garamond und der Ano
Druck und Bindung: GGP Media GmbH, Pößneck
ISBN 978-3-455-00745-9

HOFFMANN
UND CAMPE

Ein Unternehmen der
GANSKE VERLAGSGRUPPE

1

Wo Maigret zu spät zum Mittagessen kommt und ein Gast beim Abendessen fehlt

Wenn Maigret später an diese Untersuchung zurückdachte, kam sie ihm immer noch ein wenig ungewöhnlich vor, wie diese Krankheiten, die nicht richtig ausbrechen, sondern mit einem vagen Unbehagen, einem Zwicken hier und da und Symptomen beginnen, die zu mild sind, als dass man ihnen Beachtung schenkt.

Es begann weder mit einer Anzeige bei der Kriminalpolizei noch mit einem Anruf in der Notrufzentrale, auch nicht mit einem anonymen Hinweis, sondern – um so weit wie möglich auszuholen – schlicht mit einem Anruf von Madame Maigret.

Die Pendeluhr aus schwarzem Marmor auf dem Kaminsims in seinem Büro zeigte zwanzig Minuten vor zwölf. Maigret sah die Stellung der Zeiger auf dem Zifferblatt noch deutlich vor sich. Das Fenster stand weit offen, denn es war Juni. Paris roch in der heißen Sonne nach Sommer.

»Bist du's?«

Natürlich hatte seine Frau seine Stimme erkannt, aber sie fragte immer, ob er am Apparat sei, nicht aus Misstrauen, sondern weil sie sich beim Telefonieren nach wie vor etwas ungeschickt anstellte. Am Boulevard Richard-Lenoir standen die Fenster wahrscheinlich auch offen. Madame Maigret war um diese Zeit mit dem Großteil der Hausarbeit fertig. Es kam selten vor, dass sie ihn anrief.

»Ja, ich höre.«

»Ich wollte dich fragen, ob du zum Mittagessen nach Hause kommst.«

Noch seltener rief sie ihn an, um ihm diese Frage zu stellen. Er hatte die Stirn gerunzelt, nicht verärgert, sondern überrascht.

»Warum?«

»Ach, nichts. Oder, na ja, hier wartet jemand auf dich.«

Er spürte, dass sie verlegen war, fast schuldbewusst.

»Wer?«

»Niemand, den du kennst. Nichts Wichtiges. Ich möchte ihn nur nicht warten lassen, falls du nicht kommst.«

»Ein Mann?«

»Ein junger Mann.«

Sie hatte ihn vermutlich ins Wohnzimmer geführt, das sie sonst fast nie betraten. Das Telefon befand sich im Esszimmer, wo sie sich für gewöhnlich aufhielten und gute Freunde empfingen. Dort hatte Maigret seine Pfeifen, seinen Sessel und Madame Maigret ihre Nähmaschine. An ihrer gehemmten Art zu sprechen merkte er, dass sie nicht gewagt hatte, die Tür zwischen den beiden Zimmern zu schließen.

»Wer ist es?«

»Ich weiß es nicht.«

»Was will er?«

»Das weiß ich auch nicht. Es geht um etwas Privates.«

Er maß dem keine große Bedeutung bei. Nur wegen ihrer Befangenheit und auch weil es ihm so vorkam, als hätte sie den Besucher bereits unter ihre Fittiche genommen, erkundigte er sich genauer.

»Ich denke, ich gehe gegen zwölf aus dem Büro«, sagte er schließlich.

Nur noch eine Person wollte ihn sprechen, eine Frau, die ihn schon drei- oder viermal aufgesucht und ihm von Drohbriefen einer Nachbarin berichtet hatte. Er klingelte nach dem Bürodiener:

»Bring sie rein!«

Dann zündete er sich eine Pfeife an und lehnte sich schicksalergeben in seinem Sessel zurück.

»Nun, Madame, haben Sie wieder einen Brief erhalten?«

»Zwei, Herr Kommissar. Ich habe sie mitgebracht. Wie Sie gleich sehen werden, gesteht sie in dem einen, dass sie meine Katze vergiftet hat, und droht damit, dass mir bald dasselbe blühe, wenn ich nicht ausziehe.«

Die Zeiger auf dem Zifferblatt rückten sehr langsam vor. Er musste so tun, als nähme er die Sache ernst. Es dauerte eine knappe Viertelstunde. Als er sich gerade erhob, um seinen Hut aus dem Schrank zu holen, klopfte es an der Tür:

»Sind Sie beschäftigt?«

»Was machst du denn in Paris?«

Es war Lourtie, einer seiner ehemaligen Inspektoren, den man zur mobilen Brigade nach Nizza versetzt hatte.

»Bin nur auf der Durchreise. Ich hatte Lust, mal wieder vorbeizuschauen und Ihnen die Hand zu schütteln. Haben Sie Zeit für einen Pastis in der Brasserie Dauphine?«

»Na ja, einen auf die Schnelle.«

Er mochte Lourtie, diesen hageren Kerl mit der Stimme eines Kirchensängers. In der Brasserie, wo sie sich an die Theke stellten, waren noch ein paar andere Inspektoren. Man sprach über dieses und jenes. Der Geschmack des Pastis war genau das Richtige an einem Tag wie diesem. Sie tranken einen, dann einen zweiten und einen dritten.

»Jetzt muss ich aber los. Ich werde zu Hause erwartet.«

»Kann ich Sie ein Stück begleiten?«

Sie gingen zusammen über den Pont-Neuf, Lourtie und er, dann bis zur Rue de Rivoli, wo Maigret gut fünf Minuten warten musste, bis er ein Taxi fand. Es war zehn vor eins, als er endlich die drei Stockwerke am Boulevard Richard-Lenoir hinaufstieg. Wie immer öffnete sich die Tür seiner Wohnung, bevor er dazu kam, den Schlüssel aus der Tasche zu ziehen.

Sofort fiel ihm die beunruhigte Miene seiner Frau auf. Da die Türen offen standen, fragte er leise:

»Wartet er noch?«

»Er ist gegangen.«

»Weißt du nicht, was er wollte?«

»Er hat's mir nicht gesagt.«

Wäre da nicht das sonderbare Verhalten seiner Frau gewesen, hätte er mit den Schultern gezuckt und gebrummt:

»Sei's drum!«

Aber statt in die Küche zurückzugehen und das Essen zu bringen, folgte sie ihm ins Esszimmer und setzte dabei eine Miene auf, als hätte sie etwas zu beichten.

»Warst du heute Morgen im Wohnzimmer?«, fragte sie nach einer Weile.

»Ich? Nein. Warum?«

Warum sollte er auch vor der Arbeit ins Wohnzimmer gehen, das er scheußlich fand?

»Mir war nur so, als ob.«

»Was ist denn?«

»Nichts. Ich hab versucht, mich zu erinnern. Ich habe in der Schublade nachgesehen.«

»Welcher Schublade?«

»Die, in der du deinen Revolver aus Amerika aufbewahrst.«

Da erst dämmerte ihm die Wahrheit. Als er auf Einladung des FBI einige Wochen in den Vereinigten Staaten gewesen war, hatte man sich viel über Waffen unterhalten. Bei seiner Abreise hatten ihm die Amerikaner einen Revolver geschenkt, auf den sie sehr stolz waren, einen Smith & Wesson 45 Special mit kurzem Lauf und extrem empfindlichem Abzug. Auf der Waffe war sein Name eingraviert:

To J.-J. Maigret
from his FBI friends.

Er hatte den Revolver nie benutzt. Aber ausgerechnet am Tag zuvor hatte er ihn aus der Schublade genommen, um ihn einem Freund zu zeigen, oder vielmehr einem Bekannten, den er auf einen Digestif ins Wohnzimmer eingeladen hatte.

»Warum J.-J. Maigret?«

Diese Frage hatte er sich auch gestellt, als man ihm die Waffe bei einem Cocktailempfang überreicht hatte. Die Amerikaner, die gewöhnlich von beiden Vornamen Gebrauch machten, hatten sich nach seinen erkundigt. Zum Glück nur nach den ersten beiden: Jules-Joseph. In Wahrheit hatte er noch einen dritten: Anthelme.

»Willst du damit sagen, dass mein Revolver verschwunden ist?«

»Also, das war so …«

Bevor er sie ausreden ließ, ging er ins Wohnzimmer, in dem es noch nach Zigaretten roch. Er warf einen Blick auf den Kaminsims, auf den er am Abend zuvor die Waffe gelegt hatte, wie er sich erinnerte. Sie war nicht mehr da. Aber er war sicher, sie nicht weggeräumt zu haben.

»Wer war es denn?«

»Setz dich erst mal. Ich bring dir das Essen, sonst verkocht der Braten. Ärger dich nicht!«

Doch das tat er.

»Ich finde, es ist schon ein starkes Stück, dass du einen Fremden hier hereinlässt und …«

Sie ging hinaus und kam mit einer Schüssel wieder.

»Wenn du ihn gesehen hättest …«

»Wie alt?«

»Ein ganz junger Mann. Neunzehn? Vielleicht zwanzig?«

»Was wollte er von dir?«

»Er hat geklingelt. Ich war gerade in der Küche

und dachte, es sei der Gasableser. Ich hab die Tür geöffnet. Er hat mich gefragt, ob er hier richtig bei Kommissar Maigret sei. An seinem Verhalten hab ich gemerkt, dass er mich für das Dienstmädchen hielt. Er war nervös und machte einen verängstigten Eindruck.«

»Und du hast ihn ins Wohnzimmer geführt?«

»Weil er meinte, er müsse dich unbedingt sprechen und dich um Rat fragen. Ich hab ihm empfohlen, in dein Büro zu gehen, aber es schien etwas Persönliches zu sein.«

Obwohl Maigret weiter sein mürrisches Gesicht machte, hätte er fast gelächelt. Er stellte sich den verängstigten jungen Mann vor, der Madame Maigret sofort leidgetan hatte.

»Was für ein Typ?«

»Ein guter Junge. Ich weiß nicht, wie ich es sagen soll. Kein Sohn aus reichem Haus, aber jemand, der sich zu benehmen weiß. Er hatte bestimmt geweint. Er hat ein Zigarettenpäckchen aus der Tasche gezogen, sich dann jedoch sofort entschuldigt. Ich hab darauf zu ihm gesagt:

›Sie können ruhig rauchen. Ich bin es gewohnt.‹

Dann hab ich ihm versprochen, dich anzurufen, um sicherzugehen, dass du nach Hause kommst.«

»Lag der Revolver da noch auf dem Kamin?«

»Ganz sicher. Ich hab ihn zwar in dem Augenblick nicht gesehen, aber ich weiß noch, dass er dort war, als ich gegen neun Staub gewischt habe. Sonst ist niemand hier gewesen.«

Er wusste, sie hatte den Revolver deshalb nicht wieder in die Schublade gelegt, weil sie sich nie an Schusswaffen hatte gewöhnen können. Auch wenn sie sicher gewesen wäre, dass der Revolver nicht geladen war, hätte sie ihn um nichts in der Welt angefasst.

Er sah die Szene vor sich. Seine Frau, die ins Esszimmer ging, leise mit ihm telefonierte, dann wiederkam und sagte:

›Er ist spätestens in einer halben Stunde da.‹

Maigret fragte:

»Hast du ihn allein gelassen?«

»Ich musste mich ums Mittagessen kümmern.«

»Wann ist er gegangen?«

»Das weiß ich eben nicht. In dem Moment musste ich Zwiebeln braten und hab solange die Küchentür zugemacht, damit der Geruch nicht durch die ganze Wohnung zieht. Dann bin ich ins Schlafzimmer gegangen, um mich schnell ein wenig zurechtzumachen. Ich dachte, er wär noch da. Vielleicht war er's auch. Ich wollte ihn nicht in Verlegenheit bringen und ins Wohnzimmer gehen. Erst als ich ihn um kurz nach halb eins noch um etwas Geduld bitten wollte, ist mir aufgefallen, dass er weg war. Bist du mir böse?«

Ihr deswegen böse sein?

»Was glaubst du denn, worum es ging? Er sah gar nicht wie ein Dieb aus.«

»Nein, das sicher nicht. Wie hätte ein Dieb wissen sollen, dass ausgerechnet an diesem Morgen ein Revolver auf dem Kaminsims im Wohnzimmer der Maigrets herumliegt?«

»Du machst so ein besorgtes Gesicht. War die Waffe geladen?«

»Nein.«

»Na dann?«

Eine dumme Frage. Wer sich einen Revolver beschafft, hat auch die Absicht, ihn zu benutzen. Maigret wischte sich den Mund ab, stand auf und ging zur Schublade, wo er die Patronen an ihrem Platz fand. Bevor er sich wieder setzte, rief er im Büro an:

»Bist du's, Torrence? Kannst du die Waffenhändler in der Stadt anrufen? ... Hallo! ... Die Waffenhändler, ja ... Frag, ob jemand bei ihnen Patronen für einen Smith & Wesson 45 Special gekauft hat ... Wie? ... 45 Special ... Falls noch niemand da war, aber heute Nachmittag oder morgen früh jemand auftaucht, soll man ihn eine Weile dabehalten und das nächste Kommissariat benachrichtigen ... Ja. Das ist alles ... Ich komme wie üblich ins Büro.«

Als er gegen halb drei zum Quai des Orfèvres kam, hatte Torrence bereits eine Meldung erhalten. Ein junger Mann hatte sich an einen Waffenhändler am Boulevard Bonne-Nouvelle gewandt, der nicht die Munition des gewünschten Kalibers vorrätig und den Käufer zu Gastinne-Renette geschickt hatte. Der hatte ihm eine Packung verkauft.

»Hat der junge Mann die Waffe vorgezeigt?«

»Nein, er hatte ein Stück Papier bei sich, auf dem die Marke und das Kaliber standen.«

Maigret musste sich an diesem Nachmittag mit anderen Fällen befassen. Gegen fünf ging er ins Labor hoch. Jussieu, der Leiter, fragte ihn:

»Gehen Sie heute Abend zu Pardon?«

»*Brandade de morue!*«, antwortete Maigret. »Pardon hat mich vorgestern angerufen.«

»Mich auch. Ich glaube, Doktor Paul kann nicht kommen.«

In jeder Ehe gibt es Zeiten, in denen man sich häufig mit einem anderen Ehepaar trifft, bis man sich irgendwann grundlos aus den Augen verliert.

Seit ungefähr einem Jahr gingen die Maigrets einmal im Monat zum Abendessen zu den Pardons oder, wie sie sagten, zum »Ärzteessen«. Jussieu, der das Labor des Gerichtsmedizinischen Instituts leitete, hatte den Kommissar eines Abends zu Doktor Pardon zum Boulevard Voltaire mitgenommen.

»Sie werden schon sehen! Er wird Ihnen gefallen. Ein überaus scharfsinniger Mann übrigens, der einer unserer besten Spezialisten hätte werden können. Ich möchte fast sagen, auf jedem Gebiet. Er war erst Internist im Val-de-Grâce, dann Assistent von Lebraz und darauf fünf Jahre Internist im Sainte-Anne.«

»Und jetzt?«

»Jetzt ist er als Hausarzt tätig, weil's ihm Freude macht. Er arbeitet täglich zwölf bis fünfzehn Stunden, ohne sich darüber Gedanken zu machen, ob seine Patienten ihn bezahlen können. Meistens vergisst er sogar, ihnen eine Rechnung zu schicken. Abgesehen von seinem Beruf ist Kochen seine einzige Leidenschaft.«

Zwei Tage später hatte Jussieu ihn angerufen.

»Essen Sie gern *cassoulet?*«

»Warum?«

»Pardon lädt uns für morgen ein. Es gibt bei ihm immer nur eine Mahlzeit, meistens irgendein regionales Gericht. Er will vorher wissen, ob seine Gäste es mögen.«

»Na gut, von mir aus *cassoulet.*«

Seitdem hatte es noch weitere Abendessen gegeben, unter anderem mit *coq au vin,* Couscous und Seezunge *à la dieppoise.*

Diesmal gäbe es provenzalischen Stockfisch. Wen sollte Maigret bei diesem Essen noch treffen? Pardon hatte ihn am Tag zuvor angerufen.

»Haben Sie übermorgen Zeit? Essen Sie gern *brandade?* Sind Sie für oder gegen Trüffeln?«

»Für.«

Sie hatten es sich angewöhnt, sich mit »Maigret« und »Pardon« anzureden, während die Frauen sich beim Vornamen nannten. Die beiden Ehepaare waren fast gleichaltrig. Jussieu dagegen war zehn Jahre jünger. Doktor Paul, der Gerichtsarzt, der oft dabei war, etwas älter.

»Sagen Sie, Maigret, würde es Ihnen etwas ausmachen, wenn ein alter Mitschüler von mir dazukommt?«

»Warum sollte es mir etwas ausmachen?«

»Ich weiß nicht. Ehrlich gesagt, ich hätte ihn nicht eingeladen, wenn er mich nicht gebeten hätte, ihn mit Ihnen bekannt zu machen. Er war vorhin in meiner Sprechstunde – er ist nämlich auch mein Patient – und wollte unbedingt wissen, ob Sie auch mit Sicherheit kommen.«

Um halb acht abends streifte Madame Maigret, die ein geblümtes Kleid trug und einen fröhlichen Strohhut aufgesetzt hatte, ein Paar weiße Stoffhandschuhe über.

»Kommst du?«

»Sofort.«

»Denkst du immer noch an den jungen Mann?«

»Aber nein.«

Das Angenehme an diesen Abendessen war unter anderem, dass die Pardons nur fünf Minuten zu Fuß entfernt wohnten. In den Fenstern der oberen Stockwerke spiegelte sich die Sonne. Auf den Straßen roch es nach warmem Staub. Kinder spielten noch draußen, während Ehepaare Stühle auf die Gehwege gestellt hatten, um frische Luft zu schnappen.

»Geh nicht so schnell.«

Er ging ihr immer zu schnell.

»Bist du sicher, dass er es war, der die Patronen gekauft hat?«

Seit dem Morgen, vor allem seit er ihr von Gastinne-Renette berichtet hatte, plagte sie ein beklemmendes Gefühl.

»Denkst du etwa, dass er sich das Leben nehmen wird?«

»Können wir nicht von etwas anderem sprechen?«

»Er war so nervös. Die Zigarettenstummel im Aschenbecher waren ganz zerbröselt.«

Die Luft war lau. Maigret hielt seinen Hut in der Hand wie ein Sonntagsspaziergänger. Sie erreichten den Boulevard Voltaire und betraten in der Nähe des Platzes das Wohnhaus der Pardons. Sie nahmen den engen Fahrstuhl, der beim Anfahren immer dasselbe Geräusch machte. Madame Maigret zuckte wie üblich zusammen.

»Kommen Sie herein. Mein Mann sollte in wenigen Minuten da sein. Er ist gerade zu einem Notfall gerufen worden, aber ganz in der Nähe.«

Es kam selten vor, dass der Arzt während eines Essens nicht gestört wurde. Er sagte:

»Warten Sie nicht auf mich.«

Oft gingen sie tatsächlich wieder fort, ohne ihn noch einmal gesehen zu haben.

Jussieu war schon da. Er saß allein im Wohnzimmer, wo ein großes Klavier stand und alle Möbel mit Spitzendeckchen verziert waren. Wenige Minuten später kam Pardon hereingestürmt und verschwand zunächst in der Küche.

»Ist Lagrange noch nicht da?«

Pardon war klein, ziemlich beleibt, hatte einen sehr großen Kopf und hervorstehende Augen.

»Einen Augenblick, gleich werde ich Ihnen etwas servieren, das es in sich hat!«

Bei ihm gab es jedes Mal eine Überraschung, sei es ein besonderer Wein, ein Likör oder, wie heute, ein Pineau des Charentes, den ihm ein Gutsbesitzer aus Jonzac geschenkt hatte.

»Nicht für mich«, wehrte Madame Maigret ab, die schon nach einem einzigen Glas beschwipst war.

Man plauderte. Auch hier standen die Fenster offen. Das Leben auf dem Boulevard floss in Zeitlupe vorüber. Die Luft schimmerte golden, das Licht wurde noch etwas intensiver und rötlicher.

»Ich frage mich, wo Lagrange bleibt.«

»Wer ist das?«

»Jemand, den ich von früher vom Lycée Henri-IV kenne. Wenn ich mich recht erinnere, ist er bereits nach der Neunten abgegangen. Er wohnte damals in der Rue Cuvier, gegenüber vom Jardin des Plantes. Sein Vater hat mir sehr imponiert, weil er Baron war oder es zumindest behauptete. Ich habe ihn lange Zeit aus den Augen verloren, über zwanzig Jahre. Erst vor ein paar Monaten ist er zu mir in die Sprechstunde gekommen, nachdem er geduldig gewartet hatte, bis er an der Reihe war. Ich hab ihn trotzdem sofort wiedererkannt.«

Er blickte auf seine Uhr, dann auf die Standuhr.

»Ich wundere mich nur, weil er unbedingt dabei sein wollte und jetzt nicht kommt. Wenn er in fünf Minuten nicht da ist, fangen wir ohne ihn an.«

Er schenkte nach. Madame Maigret und Madame Pardon sagten nichts. Madame Pardon war zwar dünn und die Frau des Kommissars eher rundlich, doch beide legten gegenüber ihren Männern dieselbe zurückhaltende Art an den Tag. Während des Essens ergriffen sie selten das Wort. Erst danach zogen sie sich in eine Ecke zurück, um zu tuscheln. Madame Pardon hatte eine lange, viel zu lange Nase. Daran musste man sich gewöhnen. Am Anfang war es unangenehm, ihr ins Gesicht zu blicken. Lag es an dieser Nase, wegen der man sie in der Schule wahrscheinlich gehänselt hatte, dass sie so bescheiden war und ihren Mann ansah, als wäre sie dankbar, dass er sie geheiratet hatte?

»Ich wette«, sagte Pardon, »alle hier haben einen Jungen oder ein Mädchen vom Schlag Lagranges in der Klasse gehabt. Unter zwanzig oder dreißig Jungen ist fast immer mindestens einer dabei, der schon mit dreizehn fettleibig und pausbäckig ist und dicke, rosige Beine hat.«

»In meiner Klasse war ich das«, warf Madame Maigret ein.

Und Pardon, ganz galant:

»Bei Mädchen verliert sich das. Oft werden das sogar die hübschesten. Wir haben François Lagrange ›Baby Cadum‹ genannt. Als damals das Bild dieses Riesenbabys an jeder Straßenecke hing, wurden bestimmt Tausende in den Schulen Frankreichs so von ihren Mitschülern genannt.«

»Hat er sich nicht verändert?«

»Die Proportionen sind natürlich nicht mehr dieselben. Aber er ist immer noch ein Pummelchen. Sei's drum! Wir essen jetzt!«

»Warum rufen Sie ihn nicht an?«

»Weil er kein Telefon hat.«

»Wohnt er hier im Viertel?«

»Ganz in der Nähe, in der Rue Popincourt. Ich möchte wissen, was er eigentlich von Ihnen will.

Neulich lag in meinem Sprechzimmer eine Zeitung mit Ihrem Bild auf der Titelseite …«

Pardon blickte Maigret an.

»Entschuldigen Sie, mein Lieber. Ich weiß nicht mehr, warum ich erwähnt habe, dass ich Sie kenne. Ich habe wohl durchblicken lassen, dass Sie ein Freund von mir sind.

›Ist er wirklich so, wie man sagt?‹, hat mich Lagrange gefragt.

Ich habe geantwortet, Sie seien jemand, der …«

»Der was?«

»Nicht so wichtig. Ich habe gesagt, was mir gerade so einfiel, während ich ihn weiter untersuchte. Er ist Diabetiker. Obendrein hat er Probleme mit den Drüsen. Er kommt zweimal die Woche, denn er ist sehr besorgt um seine Gesundheit. Beim nächsten Besuch hat er wieder von Ihnen gesprochen, wollte wissen, ob ich Sie oft treffen würde. Ich meinte, dass wir einmal im Monat zusammen zu Abend essen. Daraufhin hat er mich geradezu angefleht, dass ich ihn auch mal einlade. Das hat mich überrascht, denn seit dem Henri-IV hab ich ihn nur in meiner Praxis gesehen. Aber jetzt wollen wir essen.«

Der *brandade* war ein Meisterwerk. Pardon hatte einen trockenen Wein aus der Gegend von Nizza aufgetrieben, der wunderbar zum Stockfisch passte. Nachdem sie über gutgenährte Leute geredet hatten, kamen sie auf Rothaarige zu sprechen.

»Es stimmt, in jeder Klasse ist auch ein Rothaariger.«

Das lenkte das Gespräch auf die Gentheorie. Am Ende sprach man immer über Medizin. Madame Maigret wusste, dass das ihrem Mann gefiel.

»Ist er verheiratet?«

Beim Kaffee war man – warum auch immer – wieder auf Lagrange zu sprechen gekommen. Die Luft draußen war von einem dunklen, samtenen Blau, das allmählich das Rot der untergehenden Sonne verdrängt hatte. Dennoch hatten sie noch kein Licht angemacht. Durch die Glastür sah man das Balkongeländer mit den pechschwarzen, schmiedeeisernen Arabesken. Von einer fernen Straßenecke waren die Klänge eines Akkordeons zu hören. Auf einem Nachbarbalkon unterhielt sich ein Paar mit gedämpfter Stimme.

»Ja, das hat er mir erzählt, aber seine Frau ist schon lange tot.«

»Was macht er?«

»Geschäfte, wohl ziemlich undurchsichtige. Auf seiner Visitenkarte steht ›Unternehmensberater‹ mit einer Adresse in der Rue Tronchet. Als ich mich einmal mit ihm verabreden wollte, habe ich dort angerufen, aber man sagte mir, das Büro gäbe es schon seit Jahren nicht mehr.«

»Kinder?«

»Zwei oder drei. Er hat insbesondere von einem Mädchen geredet, wenn ich mich recht erinnere, und von einem Jungen, für den er gern eine Festanstellung finden würde.«

Man wandte sich von Neuem der Medizin zu. Jussieu, der im Sainte-Anne gearbeitet hatte, erzählte Anekdoten über Charcot. Madame Pardon strickte und erklärte Madame Maigret ein kompliziertes Muster. Sie schalteten das Licht ein. Ein paar Mücken schwirrten umher. Es war elf, als sich Maigret erhob.

An der Ecke des Boulevards trennten sie sich von Jussieu, der an der Place Voltaire die Metro nahm. Maigret war etwas flau im Magen vom Stockfisch, vielleicht auch vom Wein aus dem Süden.

Seine Frau hatte sich bei ihm eingehakt, was sie fast nur tat, wenn sie abends nach Hause gingen. Ihr lag etwas auf dem Herzen. Woran merkte er es? Sie hatte noch nichts gesagt, und doch wartete er darauf.

»Woran denkst du?«, fragte er schließlich.

»Du wirst auch nicht wütend?«

Er zuckte mit den Schultern.

»An den jungen Mann von heute Morgen. Wenn wir zu Hause sind, solltest du dich vielleicht erkundigen, *ob auch nichts passiert ist.*«

Sie benutzte diese Umschreibung, doch er verstand, was sie eigentlich meinte: »... ob er sich nicht das Leben genommen hat.«

Seltsam, Maigret hatte eine ganz andere Vorstellung von dem, was geschehen könnte. Es war nur ein Bauchgefühl, das jeder Grundlage entbehrte. An Selbstmord dachte er nicht. Er war ein wenig beunruhigt, wollte es sich aber nicht anmerken lassen.

»Was hatte er denn an?«

»Ich habe nicht auf seine Kleidung geachtet. Ich glaube, er hatte was Dunkles an, ich glaube, was Marineblaues.«

»Sein Haar?«

»Hell. Ziemlich blond.«

»Schlank?«

»Ja.«

»Gutaussehend?«

»Ziemlich. Würde ich sagen.«

Er hätte schwören können, dass sie eben rot geworden war.

»Weißt du, ich hab ihn nicht so genau angesehen. Ich erinnere mich vor allem an seine Hände, weil er nervös mit der Krempe seines Huts gespielt hat. Er wagte nicht, sich zu setzen. Ich musste ihm erst einen Stuhl hinschieben. Er schien fast darauf zu warten, dass ich ihn hinauswerfe.«

Zu Hause rief Maigret den Bereitschaftsdienst der Polizei an, bei dem alle Notrufe eingingen.

»Maigret hier. Gibt's was Neues?«

»Nur ein paar Bercys, Chef.«

So nannte man die Betrunkenen wegen des Weinmarkts am Quai de Bercy.

»Sonst nichts?«

»Eine Schlägerei am Quai de Charenton. Warten Sie! Doch. Am späten Nachmittag hat man eine Ertrunkene aus dem Canal Saint-Martin gezogen.«

»Identifiziert?«

»Ja, ein Straßenmädchen.«

»Kein Selbstmord?«

Das fragte er seiner Frau zuliebe, die mit ihrem Hut in der Hand auf der Schwelle der Schlafzimmertür stand und zuhörte.

»Nein, bisher nicht. Soll ich Sie anrufen, falls sich was tut?«

Er zögerte. Er wollte nicht den Anschein erwecken, als würde er sich für diese Geschichte interessieren, besonders nicht vor seiner Frau.

»Ja, bitte ...«

In der Nacht rief niemand an. Madame Maigret weckte ihn mit einer Tasse Kaffee. Die Schlafzimmerfenster waren schon geöffnet. Man hörte, wie Arbeiter vor der Lagerhalle gegenüber Kisten auf einen Lastwagen verluden.

»Siehst du, er hat sich nicht umgebracht«, sagte er etwas schadenfroh.

»Vielleicht weiß man es noch nicht.«

Um neun kam er am Quai des Orfèvres an und fand seine Kollegen beim Rapport im Büro des Chefs vor. Nichts Außergewöhnliches. In Paris war alles ruhig. Es lag die Personenbeschreibung des Mörders der Frau vor, die man aus dem Kanal gefischt hatte. Seine Verhaftung war nur noch eine Frage der Zeit. Wahrscheinlich würde man ihn noch vor Ende des Tages stockbetrunken in irgendeinem Bistro aufgreifen.

Gegen elf Uhr rief man Maigret ans Telefon.

»Wer ist dran?«

»Doktor Pardon.«

Dieser klang etwas zögerlich am anderen Ende der Leitung.

»Entschuldigen Sie, dass ich Sie in Ihrem Büro störe. Gestern habe ich Ihnen von Lagrange berichtet, der bei unserem Abendessen dabei sein wollte. Heute Morgen hab ich Hausbesuche erledigt und bin bei ihm in der Rue Popincourt vorbeigekommen. Ich bin auf gut Glück rein, weil ich dachte, er sei vielleicht krank ... Hallo! ... Sind Sie noch da?«

»Ja, ich höre.«

»Ich hätte Sie nicht angerufen, wenn meine Frau mir nicht die Sache mit dem jungen Mann erzählt hätte, nachdem Sie gegangen waren.«

»Was für ein junger Mann?«

»Der mit dem Revolver. Madame Maigret hat wohl meiner Frau erzählt, dass gestern Morgen …«

»Ja, und?«

»Lagrange wäre wütend, wenn er wüsste, was ich Ihnen jetzt erzähle. Ich habe ihn in einem merkwürdigen Zustand vorgefunden. Erst hat er mich mehrere Minuten an seine Wohnungstür klopfen lassen, ohne zu antworten. Ich habe mir schon etwas Sorgen gemacht, denn die Concierge hatte mir gesagt, er sei zu Hause. Schließlich hat er mir aufgemacht, barfuß, im Nachthemd, völlig verstört. Er schien jedoch erleichtert, als er sah, dass ich es war.

›Entschuldigen Sie wegen gestern Abend‹, hat er gesagt, während er sich wieder ins Bett legte. ›Es ging mir nicht gut. Es geht mir immer noch nicht gut. Haben Sie mit dem Kommissar über mich gesprochen?‹«

»Was haben Sie geantwortet?«, fragte Maigret.

»Ich weiß es nicht mehr. Ich habe ihm den Puls und den Blutdruck gemessen. Er sah recht mitgenommen aus, wie jemand, der kurz zuvor einen Schock erlitten hat. Die Wohnung war nicht aufgeräumt. Er hatte nicht gegessen, nicht einmal Kaffee getrunken. Ich habe ihn gefragt, ob er allein sei. Das hat ihn sofort beunruhigt.

›Sie befürchten, dass ich einen Herzinfarkt bekomme, nicht wahr?‹

›Aber nein! Es wundert mich nur …‹

›Was?‹

›Wohnen Ihre Kinder nicht hier?‹

›Nur mein jüngster Sohn. Meine Tochter ist mit einundzwanzig ausgezogen. Der Älteste ist verheiratet.‹

›Arbeitet der Jüngste?‹

Da hat er angefangen zu weinen. Er sah aus wie ein armer dicker Mann, dem himmelangst ist.

›Ich weiß nicht‹, hat er gestammelt. ›Er ist nicht hier. Er ist nicht hier. Er ist nicht nach Hause gekommen.‹

›Wie lange ist das her?‹

›Ich weiß es nicht. Ich bin ganz allein. Ich werde ganz allein sterben.‹

›Wo arbeitet Ihr Sohn?‹

›Ich weiß nicht einmal, ob er arbeitet. Er erzählt mir nichts. Er ist abgehauen.‹«

Maigret hörte mit ernster Miene zu.

»Das ist alles?«

»So ungefähr. Ich hab versucht, ihn aufzumuntern. Er tat mir leid. Für gewöhnlich achtet er auf sich oder versucht jedenfalls, diesen Eindruck zu erwecken. Ihn in dieser heruntergekommenen Wohnung zu sehen, krank in einem Bett, das seit Tagen nicht gemacht wurde …«

»Schläft sein Sohn oft außer Haus?«

»Nein, soweit ich weiß, nicht. Es wäre natürlich

ein Zufall, wenn es ausgerechnet der junge Mann wäre, der ...«

»Ja.«

»Was denken Sie?«

»Bis jetzt nichts. Ist der Vater wirklich krank?«

»Wie gesagt, er hat einen schweren Schock erlitten. Sein Herz ist nicht das stärkste. Er liegt schweißgebadet im Bett, mit einer entsetzlichen Angst zu sterben.«

»Gut, dass Sie mich angerufen haben, Pardon.«

»Ich befürchtete schon, Sie würden mich auslachen.«

»Ich wusste gar nicht, dass meine Frau die Geschichte mit dem Revolver erzählt hat.«

»War es dumm von mir, das zu sagen?«

»Keineswegs.«

Er klingelte nach dem Bürodiener.

»Niemand mehr für mich?«

»Nein, Herr Kommissar, bloß der Verrückte.«

»Schick ihn zu Lucas.«

Ein Stammkunde, dieser harmlose Verrückte, der einmal in der Woche erschien, um der Polizei seine Dienste anzubieten. Maigret zögerte noch ein wenig. Im Grunde nur aus Angst vor dem Gerede der Leute. In gewisser Hinsicht war diese Geschichte ganz schön lächerlich.

Auf dem Quai hätte er fast einen Wagen der Kriminalpolizei genommen, aber dann beschloss er doch, immer noch aus einer gewissen Scham heraus, mit einem Taxi in die Rue Popincourt zu fahren. Das war weniger offiziell. So konnte sich niemand über ihn lustig machen.

2

Von einer Concierge, die nicht neugierig ist, und einem Herrn mittleren Alters, der durchs Schlüsselloch guckt

Die Conciergeloge links von der Toreinfahrt war wie ein Loch in einer Mauer, in dem den ganzen Tag eine gelbliche, von einem Kabelende herabhängende Glühbirne brannte. Fast der gesamte Raum war mit Sachen vollgestopft, die ineinander verschachtelt schienen wie die Teile eines Baukastens: ein Ofen, ein sehr hohes Bett mit roter Daunendecke, ein runder Tisch mit Wachstuchdecke, ein Sessel, auf dem eine dicke rote Katze saß.

Die Concierge machte die Tür nicht auf, sondern beobachtete Maigret nur durch ein Fenster, aber da er nicht wegging, entschloss sie sich schließlich, es zu öffnen. Ihr Kopf im Fensterrahmen sah aus wie ein vergrößertes Foto, ein schlechtes, schon etwas vergilbtes Foto, wie sie auf Jahrmärkten gemacht werden. Ihr schwarzes Haar schien gefärbt, aber alles andere an ihr war farb- und formlos. Sie wartete. Er sagte:

»Ich möchte zu Monsieur Lagrange.«

Da sie nicht gleich antwortete, dachte er schon, sie wäre taub. Schließlich murmelte sie, hoffnungslos gelangweilt:

»Hinterhaus, dritter Stock links.«

»Ist er zu Hause?«

Es war keine Langweile, sondern Gleichgültigkeit, vielleicht Verachtung, ja sogar Hass gegenüber allem, was außerhalb ihres Aquariums existierte. Ihr Ton war schleppend.

»Wenn der Doktor heute früh bei ihm war, wird er wohl zu Hause sein.«

»Ist nach Doktor Pardon niemand hinaufgegangen?«

Da er den Namen erwähnte, machte er den Anschein, informiert zu sein.

»Er wollte, dass ich hochgehe.«

»Wer?«

»Der Doktor. Er wollte mir etwas Geld geben, damit ich aufräume und ihm etwas zu essen mache.«

»Sind Sie hochgegangen?«

Ohne weitere Erklärung schüttelte sie den Kopf.

»Warum nicht?«

Sie zuckte mit den Schultern.

»Verstehen Sie sich nicht gut mit Monsieur Lagrange?«

»Ich bin erst seit zwei Monaten hier.«

»Wohnt die frühere Concierge noch im Viertel?«

»Die ist tot.«

Er spürte, dass es sinnlos war, noch mehr aus ihr herausbekommen zu wollen. Dieses ganze Gebäude, das sechsstöckige Vorderhaus und das dreistöckige Hinterhaus, mit seinen Mietern, Handwerkern, Kindern, dem ständigen Kommen und Gehen, das alles war für sie der Feind, dessen einziger Lebenszweck darin bestand, sie in ihrer Ruhe zu stören.

Trat man aus dem düsteren, kühlen Durchgang heraus, wirkte der Hof fast heiter. Zwischen den Pflastersteinen spross sogar etwas Gras. Die Sonne schien auf die hintere, gelblich verputzte Fassade. Ein Tischler sägte in seiner Werkstatt Holz, was einen angenehmen Duft verströmte. In einem Kinderwagen schlief ein Säugling, und seine Mutter warf ab und zu aus einem Fenster im ersten Stock einen Blick auf ihn.

Maigret kannte das Viertel, das fast sein eigenes war und in dem es viele solcher Häuser gab. Im Hof am Boulevard Richard-Lenoir befand sich auch noch ein Plumpsklo, dessen Tür immer halb offen stand wie auf einem Hof auf dem Land.

Gemächlich stieg er die drei Stockwerke hinauf, drückte auf einen Klingelknopf und hörte es in der Wohnung läuten. Wie Pardon musste er warten und vernahm schließlich ebenfalls leise Geräusche, das Schlurfen nackter Füße über den Fußboden, ein behutsames Heranschleichen und dann, er hätte es schwören können, einen stockenden Atem ganz in der Nähe, hinter der Tür. Aber sie öffnete sich nicht. Er klingelte erneut. Diesmal regte sich nichts. Als er sich bückte, konnte er durchs Schlüsselloch ein Auge schimmern sehen.

Er hustete, überlegte, ob er seinen Namen nennen sollte, aber als er gerade den Mund öffnen wollte, sagte eine Stimme:

»Einen Augenblick bitte.«

Wieder Schritte, ein Hin und Her, dann endlich das Klicken des Schlosses und des Türriegels. Durch den Türspalt blickte ihn ein hochgewachsener Mann im Morgenrock an.

»Hat Pardon Ihnen gesagt ...«, stammelte er.

Der Morgenrock war alt und abgenutzt wie die Pantoffeln. Der Mann war unrasiert, das Haar zerzaust.

»Ich bin Kommissar Maigret.«

Durch eine Geste gab der andere ihm zu verstehen, dass er ihn erkannt hatte.

»Kommen Sie rein! Ich bitte um Verzeihung ...«

Er sagte nicht, wofür. Man trat direkt in einen unaufgeräumten Wohnraum, in dem Lagrange zögerlich stehen blieb. Maigret deutete auf die offene Tür des Schlafzimmers und sagte:

»Sie können sich wieder hinlegen.«

»Gern, danke.«

Sonnenlicht durchflutete die Wohnung, die mit keiner anderen vergleichbar war und eher an ein Feldlager erinnerte, ohne dass man hätte sagen können, warum.

»Ich bitte um Verzeihung«, sagte der Mann noch einmal, während er wieder ins ungemachte Bett schlüpfte.

Er atmete schwer. Sein Gesicht glänzte vor Schweiß. Seine großen Augen blickten unruhig umher. Im Grunde fühlte sich Maigret nicht viel wohler als er.

»Nehmen Sie sich den Stuhl da.«

Als Lagrange sah, dass eine Hose auf dem Stuhl lag, sagte er wieder:

»Verzeihung.«

Der Kommissar wusste nicht, wohin mit der Hose, und legte sie schließlich über das Fußende des Bettes. Bemüht, seine Stimme fest klingen zu lassen, sagte er:

»Doktor Pardon hat uns gestern angekündigt, dass wir das Vergnügen haben würden, Sie kennenzulernen.«

»Ja, ich dachte …«

»Sind Sie im Bett geblieben?«

Er merkte, dass sein Gegenüber zögerte.

»Ja, im Bett.«

»Seit wann fühlten Sie sich nicht wohl?«

»Ich weiß nicht. Seit gestern.«

»Gestern Morgen?«

»Kann sein …«

»Das Herz?«

»Und alles. Pardon behandelt mich schon lange. Auch das Herz.«

»Machen Sie sich Sorgen wegen Ihres Sohns?«

Der andere blickte ihn an, wie er als molliger Schüler seinen Lehrer angeblickt haben musste, wenn er die Antwort nicht wusste.

»Ist er noch nicht nach Hause gekommen?«

Wieder ein Zögern.

»Nein … Noch nicht …«

»Sie wollten mich gern sehen?«

Maigret versuchte, im gleichgültigen Ton eines Besuchers zu sprechen. Lagrange seinerseits deutete ein vages, höfliches Lächeln an.

»Ja, ich hatte Pardon gesagt …«

»Wegen Ihres Sohnes?«

Er schien plötzlich erstaunt und wiederholte:

»Wegen meines Sohnes?«

Aber gleich darauf schüttelte er den Kopf.

»Nein, ich wusste noch nicht …«

»Sie wussten nicht, dass er abhauen würde?«

Lagrange verbesserte ihn, als wäre ihm dieses Wort zu endgültig.

»Er ist nicht nach Hause gekommen.«

»Seit wann? Schon seit mehreren Tagen?«

»Nein.«

»Seit gestern Morgen?«

»Ja.«

»Haben Sie sich gestritten?«

Lagrange litt, doch Maigret wollte nicht nachgeben.

»Mit Alain habe ich nie gestritten.«

Dem Kommissar war nicht entgangen, dass er es mit einem gewissen Stolz gesagt hatte.

»Und mit Ihren anderen Kindern?«

»Sie leben nicht mehr hier.«

»Und bevor sie ausgezogen sind?«

»Das war etwas anderes.«

»Sie würden sich doch freuen, wenn wir Ihren Sohn wiederfänden, oder?«

Erneut deutliches Entsetzen.

»Was haben Sie denn vor?«, fragte der Mann.

Manchmal schien er voller Kraft und sah fast normal aus, aber dann sackte er plötzlich wieder in sich zusammen und ließ sich aufs Bett zurückfallen.

»Nein! Das ist nicht nötig. Ich denke, es ist besser, nicht …«

»Machen Sie sich Sorgen?«

»Ich weiß nicht.«

»Befürchten Sie zu sterben?«

»Ich bin krank. Ich habe keine Kraft mehr. Ich …«

Er legte sich eine Hand aufs Herz, dessen Klopfen er ängstlich zu verfolgen schien.

»Wissen Sie, wo Ihr Sohn arbeitet?«

»In letzter Zeit nicht. Ich wollte nicht, dass der Arzt mit Ihnen darüber spricht.«

»Trotzdem haben Sie vor zwei Tagen darauf beharrt, dass er ein Treffen zwischen Ihnen und mir arrangiert.«

»Habe ich das?«

»Sie wollten etwas mit mir besprechen, oder nicht?«

»Ich wollte Sie gern kennenlernen.«

»Nichts weiter?«

»Ich bitte um Verzeihung.«

Das sagte er nun schon mindestens zum fünften Mal.

»Ich bin krank, sehr krank. Mehr nicht.«

»Aber Ihr Sohn ist doch verschwunden.«

Lagrange wurde ungeduldig.

»Vielleicht hat er es einfach so gemacht wie seine Schwester.«

»Was hat denn seine Schwester gemacht?«

»Als sie einundzwanzig wurde, genau an dem Tag, an dem sie einundzwanzig wurde, ist sie mit Sack und Pack fortgegangen, ohne ein Wort zu sagen.«

»Ein Mann?«

»Nein, sie arbeitet in einem Dessousgeschäft in

den Arcades des Champs-Élysées und wohnt mit einer Freundin zusammen.«

»Warum dann?«

»Keine Ahnung.«

»Sie haben doch noch einen älteren Sohn?«

»Ja, Philippe. Er ist verheiratet.«

»Denken Sie nicht, dass Alain zu ihm gegangen ist?«

»Sie sehen sich nie. Ich sage es Ihnen noch einmal, es ist nichts. Außer, dass ich krank bin und ganz allein. Es ist mir unangenehm, dass Sie sich herbemüht haben. Pardon hätte das nicht tun sollen. Ich frage mich, warum ich ihm von Alain erzählt habe. Wahrscheinlich, weil ich Fieber hatte. Kann sein, dass ich es immer noch habe. Sie dürfen nicht länger hierbleiben. Es ist nicht aufgeräumt. Bestimmt riecht alles nach Krankheit. Ich kann Ihnen nicht einmal etwas zu trinken anbieten.«

»Haben Sie keine Putzfrau?«

Man sah deutlich, dass Lagrange log.

»Sie ist nicht gekommen.«

Der Kommissar wagte nicht, sich nach seiner finanziellen Lage zu erkundigen. Es war sehr heiß im Zimmer, eine stickige Hitze, gemischt mit einem unangenehmen Geruch.

»Soll ich das Fenster öffnen?«

»Nein, draußen ist es zu laut. Ich habe Kopfschmerzen. Mir tut alles weh.«

»Es wäre vielleicht besser, wenn man Sie ins Krankenhaus bringt.«

Das Wort erschreckte ihn.

»Bloß das nicht! Ich will hierbleiben.«

»Um auf Ihren Sohn zu warten?«

»Ich weiß nicht.«

Merkwürdig: Mal spürte Maigret Mitleid, dann ärgerte er sich wieder, weil er das Gefühl hatte, dass der Mann ihm etwas vorgaukelte. Vielleicht war er krank, aber wohl nicht so sehr, dass er sich im Bett krümmen musste wie ein Jammerlappen, mit wehleidigen Augen und dem Schmollmund eines Babys, das jeden Augenblick anfing zu weinen.

»Sagen Sie, Lagrange ...«

Als er nicht weiterredete, erntete er plötzlich einen härteren Blick, einen dieser scharfen, verstohlenen Blicke, die einem vor allem Frauen zuwerfen, wenn sie sich ertappt fühlen.

»Was?«

»Sind Sie sicher, dass Sie mir nichts anvertrauen wollten, als Sie Pardon gebeten haben, uns einander vorzustellen?«

»Ich schwöre Ihnen, ich habe es nur so dahingesagt ...«

Er log. Deshalb hatte er das Bedürfnis, zu schwören. Eben wie eine Frau.

»Können Sie mir keinen Hinweis geben, der uns helfen würde, Ihren Sohn wiederzufinden?«

In einer Ecke stand eine Kommode. Maigret, der sich erhoben hatte, ging darauf zu, wobei er die ganze Zeit den Blick des anderen im Rücken spürte.

»Ich möchte Sie trotzdem bitten, mir ein Foto von ihm zu leihen.«

Lagrange würde erwidern, dass er keins hätte. Dessen war sich Maigret so sicher, dass er wie selbstverständlich eine der Schubladen öffnete.

»Ist hier eins?«

Darin lagen alle möglichen Dinge, Schlüssel, eine alte Brieftasche, ein Pappkarton mit Knöpfen, ein Durcheinander von Papieren, Gas- und Stromrechnungen.

»Geben Sie sie mir!«

»Was?«

»Die Brieftasche.«

Aus Angst, der Kommissar könnte den Inhalt selbst durchsuchen, brachte er die Kraft auf, sich auf einen Ellbogen aufzustützen.

»Geben Sie her. Ich sollte ein Foto vom letzten Jahr haben.«

Er wurde hektisch. Seine dicken Wurstfinger zitterten. Aus einem Seitenfach zog er ein Foto heraus. Er hatte genau gewusst, wo es zu finden war.

»Wenn Sie darauf bestehen. Ich bin mir sicher, es ist nichts. Das Foto soll nicht in den Zeitungen veröffentlicht werden. Man soll überhaupt nichts unternehmen.«

»Ich bringe es Ihnen heute Abend oder morgen zurück.«

Das erschreckte ihn von Neuem.

»Das hat keine Eile.«

»Was werden Sie essen?«

»Ich hab keinen Hunger. Ich brauche nichts.«

»Und heute Abend?«

»Da wird es mir wahrscheinlich wieder besser gehen, und ich kann ausgehen.«

»Und wenn es Ihnen nicht besser geht?«

Vor Ärger und Ungeduld stand er kurz davor, in Tränen auszubrechen. Maigret wollte nicht grausam sein und sich ihm noch länger aufdrängen.

»Nur noch eine Frage. Wo hat Ihr Sohn Alain zuletzt gearbeitet?«

»Ich weiß den Namen nicht. Es ist ein Büro in der Rue Réaumur.«

»Was für ein Büro?«

»Eine Werbeagentur … Ja, es muss mit Werbung zu tun haben.«

Er machte Anstalten, aufzustehen, um seinen Besucher zur Tür zu begleiten.

»Machen Sie sich keine Umstände. Auf Wiedersehn, Monsieur Lagrange.«

»Auf Wiedersehn, Herr Kommissar. Seien Sie

mir nicht böse.« Maigret hätte fast gefragt: »Weswegen?«

Aber wozu? Er blieb einen Augenblick auf dem Treppenabsatz stehen, um seine Pfeife wieder anzuzünden, und konnte die nackten Füße auf dem Fußboden hören, dann den Schlüssel im Schloss, den Riegel und wahrscheinlich auch einen Seufzer der Erleichterung.

Als er an der Loge vorbeikam und den Kopf der Concierge im Fensterrahmen sah, zögerte er und blieb stehen.

»Sie sollten sich besser an den Rat von Doktor Pardon halten und hin und wieder hinaufgehen, um nachzusehen, ob er etwas braucht. Er ist ernsthaft krank.«

»Gestern Nacht war er's aber nicht. Da dachte ich schon, er will sich klammheimlich aus dem Staub machen.«

Die Bemerkung war nur so dahingesagt. Maigret, der schon weitergehen wollte, runzelte die Stirn und trat näher an sie heran.

»Er ist gestern Nacht ausgegangen?«

»Er war sogar gesund genug, um mit der Hilfe eines Taxifahrers seinen großen Koffer herunterzuschleppen.«

»Haben Sie mit ihm gesprochen?«

»Nein.«

»Um wie viel Uhr war das?«

»Gegen zehn. Ich hatte schon gehofft, die Wohnung würde frei.«

»Haben Sie ihn wiederkommen hören?«

Sie zuckte mit den Schultern.

»Natürlich, er ist ja oben.«

»Mit seinem Koffer?«

»Nein.«

Maigret wohnte so nahe von hier, dass er kein Taxi zu nehmen brauchte. Als er an einem Bistro vorbeikam, erinnerte er sich an die Pastis vom Vortag, die so gut zum Sommeranfang passten, und trank einen an der Theke. Ohne sie wirklich wahrzunehmen, blickte er auf die Arbeiter in den weißen Kitteln neben ihm, die ihm zuprosteten.

Als er den Boulevard überquerte, sah er auf und entdeckte Madame Maigret, die hinter den geöffneten Fenstern in der Wohnung hin- und herging. Sie hatte ihn wohl auch gesehen. Auf jeden Fall erkannte sie seine Schritte auf der Treppe, denn die Tür wurde geöffnet.

»Ist ihm noch nichts zugestoßen?«

Sie dachte immer noch an den jungen Mann vom Vortag. Maigret zog das Foto aus der Tasche und zeigte es ihr.

»Ist er das?«

»Wie hast du das gemacht?«

»Ist er das?«

»Ja, natürlich! Ist er ...«

Sie schien ihn bereits für tot zu halten und war ganz durcheinander.

»Aber nein. Er lebt noch. Ich war gerade bei seinem Vater.«

»Bei dem Mann, von dem der Doktor gestern erzählt hat?«

»Ja, Lagrange.«

»Was sagt er?«

»Nichts.«

»Dann weißt du noch nicht, weshalb er deinen Revolver genommen hat?«

»Wahrscheinlich, um ihn zu benutzen.«

Er rief am Quai des Orfèvres an, aber es hatte sich nichts ereignet, was auf Alain Lagranges Konto gehen konnte. Er aß schnell zu Mittag, nahm ein Taxi zum Quai und ging gleich in die Fotoabteilung des Erkennungsdienstes hinauf.

»Macht mir davon so viele Abzüge, wie für die gesamte Pariser Polizei nötig sind.«

Beinahe hätte er es sich anders überlegt und das Foto in ganz Frankreich herumgeschickt, aber würde er der Geschichte damit nicht zu viel Bedeutung beimessen? Es war ihm peinlich, dass er im Grunde nichts vorweisen konnte, bis auf die Tatsache, dass man ihm seinen Revolver gestohlen hatte.

Ein wenig später rief er Lucas in sein Büro. Er

hatte sein Jackett ausgezogen und rauchte seine größte Pfeife.

»Hör dich doch mal bei den Taxifahrern um, die im Viertel Popincourt Nachtdienst haben. An der Place Voltaire ist ein Taxistand. Um den müsste es sich handeln. Im Moment sollten alle Nachtfahrer bei sich zu Hause sein.«

»Was soll ich fragen?«

»Ob einer von ihnen gestern Abend gegen zehn einen großen Koffer aus einem Haus in der Rue Popincourt abgeholt hat. Ich möchte wissen, wohin er ihn gebracht hat.«

»Weiter nichts?«

»Frag auch, ob er seinen Fahrgast wieder in die Rue Popincourt zurückgebracht hat.«

»In Ordnung, Chef.«

Um drei Uhr waren die Funkstreifen schon im Besitz von Alain Lagranges Foto. Um vier erhielten es alle Kommissariate und Dienststellen, mit dem Vermerk: *Vorsicht! Bewaffnet!* Um sechs hätten es alle dienstantretenden Polizisten von Paris in der Tasche.

Maigret wusste nicht, was er sonst noch tun sollte. Aus Scham wollte er nicht zu viel Wind um die Geschichte machen, aber zugleich fand er in seinem Büro keine Ruhe. Es kam ihm so vor, als vergeudete er Zeit, als müsste er eigentlich etwas unternehmen.

Gern hätte er ein langes Gespräch mit Pardon über die Lagranges geführt, aber um diese Zeit war das Wartezimmer des Arztes vermutlich voller Patienten. Es war ihm unangenehm, die Sprechstunde zu unterbrechen. Er wusste nicht einmal, was er ihn fragen sollte.

Er blätterte im Telefonbuch, fand drei Werbeagenturen in der Rue Réaumur und schrieb die Namen fast mechanisch in sein Notizbuch.

»Nichts für mich, Chef?«, fragte Torrence, der kurz darauf hereinkam.

Sonst hätte Maigret ihn nicht mit den Agenturen betraut.

»Ruf alle drei an und finde heraus, in welcher ein junger Mann namens Alain Lagrange angestellt war. Wenn du's erfährst, geh hin und hol so viele Auskünfte wie möglich über ihn ein. Weniger bei den Chefs, die wissen ja nie viel, sondern bei den anderen Angestellten.«

Er verbrachte noch eine halbe Stunde in seinem Büro, um unwichtigen Papierkram abzuarbeiten. Dann empfing er einen Vikar, der sich beschwerte, dass aus den Sammelbüchsen in seiner Kirche Geld gestohlen werde. Bevor er ihn hereinbat, hatte er sein Jackett wieder angezogen, und kaum, dass er allein war, verließ auch er das Büro und nahm einen der Polizeiwagen, die am Quai warteten.

»Zu den Arcades des Champs-Élysées.«

Auf den Gehwegen wimmelte es von Menschen. Am Eingang der Arkaden sah man mehr Touristen, die sich in allen möglichen Sprachen unterhielten, als Franzosen. Er kam nicht oft hierher und stellte überrascht fest, dass es auf weniger als hundert Metern fünf Dessousgeschäfte gab. Er genierte sich hineinzugehen und hatte das Gefühl, dass die Verkäuferinnen ihn spöttisch musterten.

»Gibt es hier eine Mademoiselle Lagrange?«

»Ist es privat?«

»Ja. Das heißt …«

»Wir haben eine Lajaunie, Bertha Lajaunie, aber sie ist gerade im Urlaub.«

Im dritten Geschäft warf eine hübsche junge Frau erregt den Kopf in den Nacken und sagte abwehrend:

»Das bin ich. Was wollen Sie?«

Sie sah ihrem Vater nicht ähnlich, vielleicht ihrem Bruder Alain, doch sie hatte einen ganz anderen Gesichtsausdruck. Ohne zu wissen, warum, bedauerte Maigret den Mann, der sich in sie verlieben würde. Auf den ersten Blick wirkte sie eigentlich freundlich, vor allem wenn sie ihr professionelles Lächeln aufsetzte. Aber er spürte, dass sie hinter dieser Liebenswürdigkeit hart und erstaunlich kaltherzig war.

»Haben Sie Ihren Bruder in letzter Zeit gesehen?«

»Warum fragen Sie?«

Sie spähte zum hinteren Teil des Geschäfts, wo die Chefin in einer Umkleidekabine mit einer Kundin beschäftigt war. Um sich weitere Erklärungen zu sparen, zeigte er ihr lieber seine Dienstmarke.

»Hat er etwas angestellt?«, fragte sie halblaut.

Und er:

»Meinen Sie Alain?«

»Wer hat Ihnen gesagt, dass ich hier arbeite?«

»Ihr Vater.«

Sie überlegte nicht lange.

»Wenn Sie mich unbedingt sprechen müssen, können wir uns in einer halben Stunde irgendwo treffen.«

»Ich werde auf der Terrasse des Café Le Français auf Sie warten.«

Stirnrunzelnd und ohne sich von der Stelle zu rühren, sah sie ihm nach. Maigret verbrachte fünfunddreißig Minuten damit, die vorbeiströmende Menge zu beobachten und jedes Mal seine Beine wegzuziehen, wenn ein Kellner oder die Passanten sie streiften. Sie kam in einem hellen Kostüm, mit entschlossener Haltung. Er war sich sicher gewesen, dass sie erscheinen würde. Sie gehörte nicht zu der Sorte Frau, die einen versetzte oder verlegen wurde, wenn sie da war. Sie setzte sich auf den Stuhl, den er für sie freigehalten hatte.

»Was nehmen Sie?«

»Einen Porto.«

Sie strich ihr Haar zu beiden Seiten des weißen Strohhuts glatt und schlug die wohlgeformten Beine übereinander.

»Wissen Sie, dass Ihr Vater krank ist?«

»Das war er schon immer.«

In ihrer Stimme schwang kein Mitleid, keinerlei Gefühlsregung mit.

»Er ist bettlägerig.«

»Kann schon sein.«

»Ihr Bruder ist verschwunden.«

Er sah, dass sie zusammenfuhr und diese Nachricht sie mehr überraschte, als sie zugeben wollte.

»Wundert Sie das nicht?«

»Mich wundert gar nichts mehr.«

»Warum?«

»Weil ich zu viel erlebt habe. Was wollen Sie eigentlich von mir?«

Es war schwierig, auf eine so präzise Frage geradeheraus zu antworten. Ruhig nahm sie eine Zigarette aus ihrem Etui und fragte:

»Haben Sie Feuer?«

Er hielt ihr ein brennendes Streichholz hin.

»Ich warte.«

»Wie alt sind Sie?«

»Sie haben sich wohl nicht herbemüht, um mein Alter zu erfahren. Ihrer Dienstmarke nach zu urteilen, sind Sie kein einfacher Inspektor, sondern Kommissar, also jemand Bedeutendes.«

Und, ihn aufmerksamer musternd:

»Sind Sie nicht der berühmte Maigret?«

»Ja, ich bin Kommissar Maigret.«

»Hat Alain jemanden umgebracht?«

»Wie kommen Sie darauf?«

»Weil es wohl was Ernstes sein muss, wenn Sie sich mit dem Fall befassen.«

»Ihr Bruder könnte das Opfer sein.«

»Ist er wirklich umgebracht worden?«

Immer noch keine Gefühlsregung. Allerdings schien sie es nicht zu glauben.

»Er irrt irgendwo in Paris herum, mit einem geladenen Revolver in der Tasche.«

»Da dürfte er wohl nicht der Einzige sein, oder?«

»Er hat diesen Revolver gestern Vormittag gestohlen.«

»Wo?«

»Bei mir.«

»Er war bei Ihnen? In Ihrer Wohnung?«

»Ja.«

»Als niemand dort war? Wollen Sie sagen, dass er bei Ihnen eingebrochen ist?«

Das amüsierte sie. Plötzlich lag ein spöttischer Zug auf ihrem Gesicht.

»Mögen Sie Alain genauso wenig wie Ihren Vater?«

»Ich mag niemanden, nicht mal mich selbst.«

»Wie alt sind Sie?«

»Einundzwanzig und sieben Monate.«

»Dann sind Sie also vor sieben Monaten aus dem Haushalt Ihres Vaters ausgezogen.«

»Nennen Sie das einen Haushalt? Waren Sie dort?«

»Denken Sie, dass Ihr Bruder fähig wäre, jemanden zu töten?«

Wollte sie sich interessant machen, als sie, wie um ihn zu verhöhnen, antwortete:

»Warum nicht? Jeder ist dazu fähig, oder nicht?«

Wären sie woanders gewesen als auf dieser Terrasse, wo ein Paar am Nebentisch schon die Ohren zu spitzen begann, hätte er sie vielleicht geschüttelt, so sehr regte sie ihn auf.

»Haben Sie Ihre Mutter gekannt, Mademoiselle?«

»Kaum. Ich war drei, als sie starb, gleich nach Alains Geburt.«

»Wer hat Sie großgezogen?«

»Mein Vater.«

»Hat er sich allein um seine drei Kinder gekümmert?«

»Wenn es sein musste.«

»Wie meinen Sie das?«

»Wenn er kein Geld hatte, um ein Kindermädchen zu bezahlen. Eine Zeit lang hatten wir zwei, aber das hat nicht lange gedauert. Mal hat eine Putzfrau auf uns aufgepasst, mal eine Nachbarin. Sie scheinen nicht gerade viel über die Familie zu wissen.«

»Haben Sie immer in der Rue Popincourt gewohnt?«

»Wir haben überall gewohnt, sogar in der Gegend des Bois de Boulogne. Es ging bergauf, bergab, dann wieder ein bisschen bergauf, bis wir schließlich ganz unten angekommen sind. Wenn Sie mir nichts Wichtiges mehr zu sagen haben, muss ich jetzt los. Ich bin mit einer Freundin verabredet.«

»Wo wohnen Sie?«

»Ganz in der Nähe, Rue de Berri.«

»In einer Pension?«

»Nein, wir haben zwei Zimmer in einem Privathaus. Sie wollen vermutlich die Hausnummer wissen, nicht wahr?«

Sie gab sie ihm.

»Es war immerhin ganz interessant, Sie kennenzulernen. Man neigt ja dazu, sich so seine Vorstellungen von den Leuten zu machen.«

Er wagte nicht, zu fragen, welche Vorstellung sie sich von ihm gemacht hatte, und erst recht nicht, was für eine sie jetzt von ihm hatte. Sie erhob sich und stand da in ihrem eng anliegenden Kostüm. Einige Gäste blickten zu ihr, dann zu Maigret und sagten sich wahrscheinlich, dass er sich glücklich schätzen konnte. Er erhob sich ebenfalls und verabschiedete sich auf dem Gehweg von ihr.

»Ich danke Ihnen«, sagte er widerwillig.

»Nicht nötig. Machen Sie sich nicht zu viel Sorgen um Alain.«

»Weshalb nicht?«

Sie zuckte mit den Schultern.

»Nur so ein Gedanke. Ich hab den Eindruck, Sie müssen noch viel lernen, Maigret hin oder her.«

Daraufhin entfernte sie sich rasch in Richtung der nahe gelegenen Rue de Berri, ohne sich noch einmal umzudrehen. Er hatte den Polizeiwagen nicht warten lassen und stieg nun in die überfüllte Metro, was seine schlechte Laune noch verstärkte. Er war mit allem und jedem unzufrieden, auch mit sich selbst. Wäre er jetzt Pardon begegnet, hätte er ihm vorgeworfen, dass er ihm überhaupt etwas von dieser riesigen, aufgeblasenen Schreckgestalt Lagrange erzählt hatte. Außerdem nahm er seiner Frau die Revolvergeschichte übel und hätte ihr fast die Schuld daran gegeben.

Das alles ging ihn nichts an. In der Metro roch es nach schmutziger Wäsche. Die immer gleichen Werbeplakate in den Stationen widerten ihn an. Draußen empfand er die Sonne als übermäßig heiß und ärgerte sich auch über sie, weil sie ihn zum

Schwitzen brachte. Als der Bürodiener ihn vorbeikommen sah, merkte er Maigret seine schlechte Laune an und grüßte ihn nur verhalten.

Auf seinem Schreibtisch, deutlich sichtbar und zum Schutz vor Windstößen von einer seiner Pfeifen beschwert, lag eine Notiz:

Bitte so bald wie möglich bei der Spezialeinheit der Gare du Nord anrufen.

Darunter stand: *Lucas.*

Den Hut immer noch auf dem Kopf, griff er zum Telefon, ließ sich verbinden und klemmte sich den Hörer zwischen Wange und Schulter, um sich seine Pfeife anzünden zu können.

»Ist Lucas noch bei Ihnen?«

Maigret hatte die beiden tristesten Jahre seines Lebens in jenem Bahnhofskommissariat verbracht, das er wie seine Westentasche kannte. Er hörte die Stimme eines Inspektors, der rief:

»Für dich. Dein Chef.«

Dann Lucas:

»Hallo. Ich war nicht sicher, ob Sie noch mal ins Büro kommen würden. Ich habe auch bei Ihnen zu Hause angerufen.«

»Hast du den Fahrer ausfindig gemacht?«

»Ein Glückstreffer. Er hat mir erzählt, er sei gestern Abend in einem Lokal an der Place Voltaire gewesen, als ein Fahrgast, ein großer, kräftiger Mann mit wichtiger Miene, ihn gedrängt hat, ihn zur Gare du Nord zu fahren.«

»Um dort in der Gepäckaufbewahrung einen Koffer zu deponieren?«

»Genau. Sie sagen es. Der Koffer ist immer noch hier.«

»Hast du ihn geöffnet?«

»Das wollen die nicht.«

»Wer?«

»Die Leute vom Bahnhof. Sie verlangen den Gepäckschein oder eine amtliche Verfügung.«

»Noch was Besonderes?«

»Ja. Es stinkt.«

»Soll das heißen ...?«

»Ja, genau, was Sie denken. Wenn keine Leiche drin ist, ist der Koffer mit verdorbenem Fleisch vollgestopft. Soll ich warten?«

»Ich bin in einer halben Stunde da.«

Maigret begab sich ins Büro seines Chefs. Der rief die Staatsanwaltschaft an. Der Staatsanwalt war schon gegangen, aber einer seiner Vertreter nahm schließlich die Verantwortung auf sich.

Als Maigret noch einmal am Büro der Inspektoren vorbeikam, war Torrence noch nicht wieder da. Janvier schrieb an einem Bericht.

»Nimm dir jemanden mit und fahr in die Rue Popincourt. Überwacht das Haus Nummer 37a.

Ein gewisser François Lagrange, der im Hinterhaus wohnt, dritter Stock links. Gebt euch aber nicht zu erkennen. Der Kerl ist groß und füllig und sieht krank aus. Nimm auch das Foto vom Sohn mit.«

»Was soll ich damit machen?«

»Nichts. Falls der Sohn zufällig zurückkommt und wieder weggeht, soll ihn einer unauffällig verfolgen. Er ist bewaffnet. Falls der Vater rauskommt, was mich wundern würde, soll ihm ebenfalls einer hinterhergehen.«

Einige Minuten später fuhr Maigret zur Gare du Nord. Er musste daran denken, was ihm Lagranges Tochter auf der Terrasse an den Champs-Élysées gesagt hatte:

»Ist nicht jeder dazu fähig?«

Oder so etwas Ähnliches. Jedenfalls war es um Mord gegangen.

Er drängte sich durch die Menge und fand Lucas, der seelenruhig mit einem Inspektor vom Sonderkommissariat plauderte.

»Haben Sie die Verfügung, Chef? Ich will Ihnen gleich sagen, der Kerl an der Gepäckaufbewahrung ist ein Dickschädel, der sich von der Polizei nicht beeindrucken lässt.«

Das stimmte. Der Mann sah das Dokument genau durch, drehte es hin und her und setzte seine Brille auf, um Unterschrift und Siegel zu prüfen.

»Hauptsache, man schiebt mir nicht die Verantwortung zu …«

Mit ergebener, aber missbilligender Geste deutete er auf einen großen, altmodischen grauen Koffer, dessen Bezug an mehreren Stellen eingerissen war und den man mit Stricken zugeschnürt hatte. Lucas hatte übertrieben mit der Behauptung, dass er stinke, aber es ging ein fader Geruch von ihm aus, den Maigret gut kannte.

»Sie wollen ihn doch wohl nicht hier aufmachen?«

Es war nämlich gerade Stoßzeit. An den Schaltern bildeten sich lange Schlangen.

»Ist jemand da, der uns behilflich sein kann?«, fragte Maigret den Angestellten.

»Gepäckträger. Sie erwarten doch wohl nicht, dass ich ihn schleppe?«

Da der Koffer nicht in den kleinen schwarzen Polizeiwagen passte, ließ Lucas ihn in ein Taxi verladen. Das war zwar nicht ganz nach Vorschrift, aber Maigret wollte die Sache schnell über die Bühne bringen.

»Wo schaffen wir ihn hin, Chef?«

»Ins Labor. Das ist am praktischsten. Wahrscheinlich ist Jussieu noch da.«

Auf der Treppe traf er Torrence.

»Wissen Sie, Chef …«

»Hast du ihn gefunden?«

»Wen?«

»Den jungen Mann.«

»Nein, aber …«

»Dann bis gleich …«

Jussieu war tatsächlich noch oben. Zu viert oder fünft standen sie um den Koffer herum. Er wurde von allen Seiten fotografiert, und es waren mehrere Versuche nötig, ehe er sich öffnen ließ.

Eine halbe Stunde später rief Maigret im Büro des Direktors an.

»Der Chef ist gerade gegangen«, antwortete man ihm.

Er rief ihn in seiner Wohnung an und erfuhr, dass er an diesem Abend in einem Restaurant an der Rive Gauche speiste. Doch im Restaurant war er noch nicht eingetroffen. Maigret musste zehn Minuten warten.

»Entschuldigen Sie die Störung, Chef. Maigret hier. Es ist wegen des Falls, von dem ich Ihnen erzählt habe. Lucas hatte recht. Ich denke, es wäre gut, wenn Sie kämen, denn es handelt sich um eine bedeutende Persönlichkeit. Die Sache könnte Aufsehen erregen.«

Kurze Pause.

»André Delteil, der Abgeordnete … Ja, ich bin ganz sicher … Gut. Ich warte auf Sie.«

3

Wo eine Person sowohl tot als auch lebendig unbequem ist und Maigret eine schlaflose Nacht verbringt

In einem Luxushotel in der Avenue Montaigne nahm der Polizeipräsident gerade an einem Diner mit ausländischen Pressevertretern teil, als der Direktor der Kriminalpolizei ihn endlich ans Telefon bekam. Zuerst war nur ein Ausruf zu hören:

»Verfl...!«

Danach Stille.

»Ich hoffe, die Journalisten sind noch nicht im Bilde?«, brummte er schließlich.

»Bis jetzt nicht. Allerdings schleicht ein Reporter in den Fluren herum und merkt, dass etwas vor sich geht. Wir werden die Sache nicht mehr lange vor ihm geheim halten können.«

Der Journalist Gérard Lombras, ein alter Hase aus der Lokalredaktion, der jeden Abend am Quai des Orfèvres vorbeikam, hatte sich auf die oberste Treppenstufe gesetzt, genau gegenüber von der Tür zum Labor, und rauchte geduldig seine Pfeife.

»Niemand sagt oder unternimmt etwas, bevor

ich die Anweisung dazu gegeben habe«, befahl der Polizeipräsident.

Aus einer der Telefonzellen des Hotels rief er den Innenminister ab. Es war der Abend der unterbrochenen Diners, ein ungewöhnlich milder Abend mit scharenweise müßigen Spaziergängern in den Straßen von Paris. Einige schlenderten auch über die Quais und dürften sich gewundert haben, warum in so vielen Büros des altehrwürdigen Palais de Justice schon die Lichter brannten, obwohl es draußen noch nicht dunkel war.

Als der Innenminister, der aus dem Cantal stammte und sich neben dem Akzent auch die raue Ausdrucksweise von dort erhalten hatte, die Nachricht hörte, rief er:

»Sogar tot macht der uns noch Schwierigkeiten!«

Die Delteils wohnten in einem herrschaftlichen Haus am Boulevard Suchet am Rande des Bois de Boulogne. Als Maigret endlich die Erlaubnis bekam, dort anzurufen, antwortete ein Diener, Madame sei nicht in Paris.

»Wissen Sie, wann sie zurückkommt?«

»Nicht vor Herbst. Sie ist in Miami. Monsieur ist auch nicht da.«

Auf gut Glück fragte Maigret:

»Wissen Sie, wo er sich aufhält?«

»Nein.«

»War er gestern in Paris?«

Ein Zögern.
»Das weiß ich nicht.«
»Was soll das heißen?«
»Monsieur ist ausgegangen.«
»Wann?«
»Ich weiß nicht.«
»Vorgestern Abend?«
»Ich denke schon. Wer spricht dort?«
»Die Kriminalpolizei.«
»Ich weiß von nichts. Monsieur ist nicht hier.«
»Hat er Angehörige in Paris?«
»Seinen Bruder, Monsieur Pierre.«
»Haben Sie seine Adresse?«
»Ich glaube, er wohnt in der Nähe vom Étoile. Ich kann Ihnen seine Telefonnummer geben. Einen Augenblick ... Balzac 51-02.«
»Haben Sie sich nicht gewundert, als Monsieur Delteil nicht nach Hause gekommen ist?«
»Nein, Monsieur.«
»Hatte er Ihnen gesagt, er werde nicht heimkommen?«
»Nein, Monsicur.«
Weitere Gestalten begannen das Labor des Gerichtsmedizinischen Instituts zu bevölkern. Der Untersuchungsrichter Rateau, den man bei Freunden beim Bridge erreicht hatte, war soeben eingetroffen, ebenso wie der Staatsanwalt. Die beiden unterhielten sich leise. Doktor Paul, der Gerichts-

arzt, der ebenfalls irgendwo in der Stadt zu Abend gegessen hatte, kam als einer der Letzten, wie immer eine Zigarette im Mundwinkel.

»Soll ich ihn mitnehmen?«, fragte er auf den geöffneten Koffer deutend, in dem immer noch die zusammengekrümmte Leiche lag.

»Sobald Ihr erster Befund vorliegt.«

»Ich kann Ihnen jetzt schon sagen, dass der nicht mehr frisch ist, nicht von heute. Na, so was! Das ist ja Delteil!«

»Ja.«

Ein Ja, das Bände sprach. Zehn Jahre zuvor hätte wahrscheinlich keiner der Anwesenden den Toten erkannt. Damals war er noch ein junger Anwalt gewesen, den man häufiger im Stade Roland-Garros und in den Bars an den Champs-Élysées antraf als im Palais de Justice und der eher wie ein junger Filmschauspieler aussah als wie ein Mitglied der Anwaltskammer.

Etwas später heiratete er eine vermögende Amerikanerin, ließ sich am Boulevard Suchet nieder und ließ sich drei Jahre später für die Parlamentswahlen aufstellen. Im Wahlkampf nahmen ihn nicht einmal seine Gegner ernst.

Trotzdem wurde er mit knapper Mehrheit gewählt und begann von einem auf den anderen Tag, von sich reden zu machen.

Obwohl er keiner Partei angehörte, wurde er zu

ihrer aller Schrecken, da er unaufhörlich Anfragen im Parlament stellte, Missbräuche, Betrugsmanöver und unsaubere Machenschaften aufdeckte, ohne dass man je herausbekommen konnte, was genau er damit bezweckte.

Zu Beginn jeder wichtigen Sitzung hörte man Minister und Abgeordnete fragen:

»Ist Delteil da?«

Gesichter verfinsterten sich. Wenn er anwesend war, braungebrannt wie ein Hollywoodstar, mit seinem gezwirbelten braunen Schnurrbart, dann wusste man, dass es heiß hergehen würde.

Maigret machte ein mürrisches Gesicht. Er hatte die Telefonnummer des Bruders gewählt, eine Pension in der Rue de Ponthieu, wo man ihm geraten hatte, es im Le Fouquet's zu versuchen. Aber im Le Fouquet's hatte man ihn ans Maxim's verwiesen.

»Ist Monsieur Pierre Delteil bei Ihnen?«

»Wer ist dort?«

»Sagen Sie ihm, es gehe um seinen Bruder.«

Endlich hatte er ihn am Apparat. Die Nachricht schien nicht richtig bei ihm angekommen zu sein.

»Bist du's, André?«

»Nein, hier ist die Kriminalpolizei. Würden Sie ein Taxi nehmen und herkommen?«

»Mein Wagen steht vor der Tür. Worum geht es?«

»Um Ihren Bruder.«

»Ist ihm etwas zugestoßen?«

»Sagen Sie niemandem etwas, ehe Sie bei mir waren.«

»Aber …«

Maigret legte auf, blickte mit verdrossener Miene auf die Gruppen, die in dem großen Raum beieinanderstanden, und ging dann, da man ihn im Moment nicht brauchte, in sein Büro hinunter. Lombras, der Journalist, war ihm auf den Fersen.

»Vergessen Sie mich auch nicht, Kommissar?«

»Nein.«

»In einer Stunde ist es zu spät für meine Zeitung.«

»Ich spreche vorher noch mit Ihnen.«

»Wer ist es? Ein dicker Fisch, oder?«

»Ja.«

Torrence wartete schon, aber bevor Maigret mit ihm sprach, rief er seine Frau an.

»Rechne heute Abend nicht mit mir, und wahrscheinlich komme ich auch heute Nacht nicht nach Hause.«

»Das hab ich mir schon gedacht, als du vorhin nicht gekommen bist.«

Schweigen. Er wusste, an was, vielmehr an wen sie dachte.

»Ist er's?«

»Jedenfalls hat er sich noch nicht das Leben genommen.«

»Hat er geschossen?«

»Keine Ahnung.«

Er hatte denen da oben nicht alles gesagt und auch keine Lust dazu. Ungefähr eine Stunde würden ihm die hohen Tiere wohl noch auf die Nerven gehen. Erst dann konnte er wieder in Ruhe seine Ermittlungen aufnehmen.

Er wandte sich an Torrence.

»Du hast den Jungen also nicht gefunden?«

»Nein. Ich hab mit seinem früheren Chef und seinen Kollegen gesprochen. Er arbeitet dort erst seit drei Wochen nicht mehr.«

»Warum ist er gegangen?«

»Man hat ihn rausgeschmissen.«

»Krumme Geschäfte?«

»Nein. Er scheint anständig zu sein. Aber in letzter Zeit hat er dauernd gefehlt. Anfangs hat sich niemand darüber aufgeregt. Sie fanden ihn alle recht sympathisch. Aber als er es dann immer mehr auf die leichte Schulter nahm ...«

»Hast du herausgefunden, mit wem er Umgang hatte?«

»Nichts.«

»Keine Freundin?«

»Er sprach nie über Privates.«

»Keine Liebschaft mit einer der Schreibkräfte?«

»Eine von ihnen, nicht gerade hübsch, wurde rot, als sie von ihm sprach, aber ich hatte den Eindruck, dass er sich nichts aus ihr gemacht hat.«

Maigret wählte eine Telefonnummer.

»Hallo! ... Madame Pardon? Hier Maigret. Ist Ihr Mann zu Hause? ... Viel zu tun heute? ... Würden Sie ihn bitten, kurz ans Telefon zu kommen?«

Er fragte sich, ob der Arzt spätabends noch einmal zufällig in die Rue Popincourt gegangen war.

»Pardon? ... Verzeihen Sie die Störung, mein Lieber. Müssen Sie heute Abend noch Krankenbesuche machen? ... Hören Sie, es sind schwerwiegende Dinge passiert, im Zusammenhang mit Ihrem Freund Lagrange ... Ja, ich hab ihn besucht ... Es hat sich was Neues ergeben, seit ich bei ihm war. Ich brauche Ihre Hilfe ... Ja, so ist es. Es wäre gut, wenn Sie mich hier abholen könnten.«

Als er wieder zum Labor hochging, immer noch mit Lombras im Schlepptau, bemerkte er auf der Treppe Pierre Delteil, den er an der Ähnlichkeit mit seinem Bruder erkannte.

»Haben Sie mich herbestellt?«

»Pst!«

Er deutete auf den Reporter.

»Kommen Sie mit.«

Er führte ihn hinauf und öffnete genau in dem Moment die Tür, als Doktor Paul, der eben eine erste Untersuchung der Leiche vorgenommen hatte, sich wieder aufrichtete.

»Erkennen Sie ihn?«

Alle schwiegen. Die Ähnlichkeit der beiden Männer machte die Szene noch unangenehmer.

»Wer hat das getan?«

»Also ist er Ihr Bruder?«

Ihm kamen keine Tränen, doch er ballte die Fäuste und presste die Zähne zusammen. Sein Blick wurde starr und hart.

»Wer hat das getan?«, wiederholte Pierre Delteil, der drei oder vier Jahre jünger war als der Abgeordnete.

»Wir wissen es noch nicht.«

Doktor Paul erklärte:

»Die Kugel ist durch das linke Auge eingetreten und im Schädel stecken geblieben. Sie ist nicht wieder ausgetreten. Soweit ich es beurteilen kann, ist es eine Kugel von kleinem Kaliber.«

An einem der Telefone sprach der Direktor der Kriminalpolizei mit dem Polizeipräsidenten. Als er wieder zur wartenden Gruppe stieß, gab er die Anweisungen aus dem Ministerium weiter.

»Eine kurze Pressemitteilung, die besagt, dass man den Abgeordneten André Delteil tot in einem Koffer in der Gepäckaufbewahrung der Gare du Nord aufgefunden hat. So wenig Einzelheiten wie möglich. Das hat bis morgen Zeit.«

Der Untersuchungsrichter Rateu zog Maigret in eine Ecke.

»Denken Sie an ein politisches Verbrechen?«

»Nein.«

»Eine Frauengeschichte?«

»Ich weiß es nicht.«

»Haben Sie einen Verdacht?«

»Morgen weiß ich mehr.«

»Ich verlasse mich darauf, dass Sie mich auf dem Laufenden halten. Rufen Sie mich an, wenn es was Neues gibt, auch nachts. Morgen bin ich ab neun in meinem Amtszimmer.«

Maigret nickte knapp und wechselte noch ein paar Worte mit Doktor Paul.

»Einverstanden, mein Lieber.«

Paul begab sich ins Institut médico-légal, um die Autopsie vorzunehmen.

Das alles hatte Zeit gekostet. Es war schon zehn Uhr abends, als mehrere dunkle Gestalten eine nach der anderen die schlecht beleuchtete Treppe hinunterstiegen. Der Journalist ließ nicht vom Kommissar ab.

»Kommen Sie kurz rein. Sie hatten recht. Es ist eine bekannte Persönlichkeit. André Delteil, der Abgeordnete, ist ermordet worden.«

»Wann?«

»Das wissen wir noch nicht. Ein Schuss in den Kopf. Die Leiche hat man in einem Koffer in der Gepäckaufbewahrung der Gare du Nord gefunden.«

»Warum wurde der Koffer geöffnet?«

Sein Gegenüber hatte sofort begriffen.

»Heute kann ich Ihnen nichts weiter sagen.«

»Haben Sie eine Spur?«

»Das ist alles für heute.«

»Werden Sie sich die Nacht mit dem Fall um die Ohren schlagen?«

»Schon möglich.«

»Und wenn ich Ihnen folge?«

»Dann werde ich Sie unter dem erstbesten Vorwand festnehmen und bis morgen früh einsperren lassen.«

»Schon verstanden.«

»Na, dann ist ja gut.«

Pardon klopfte an die Tür und trat ein. Der Reporter fragte:

»Wer ist das?«

»Ein Freund.«

»Darf man seinen Namen erfahren?«

»Nein.«

Endlich waren die beiden allein. Maigret zog erst einmal seine Jacke aus und zündete sich eine Pfeife an.

»Setzen Sie sich! Bevor wir dort hinfahren, möchte ich mich gern ein wenig mit Ihnen unterhalten. Das tun wir am besten hier.«

»Über Lagrange?«

»Ja. Zunächst eine Frage: Ist er wirklich krank, und wenn ja, wie sehr?«

»Ich hab so was schon erwartet und den ganzen Weg hierher darüber nachgedacht, denn es fällt mir schwer, eine eindeutige Antwort darauf zu geben. Krank ist er, das steht fest. Seit gut zehn Jahren leidet er an Diabetes.«

»Was ihn aber nicht davon abhielte, ein normales Leben zu führen?«

»Eigentlich nicht. Ich behandle ihn mit Insulin und habe ihm beigebracht, sich die Spritzen selbst zu geben. Wenn er außer Haus isst, hat er immer eine kleine, zusammenklappbare Waage dabei, um bestimmte Lebensmittel zu wiegen. Bei Insulin ist das wichtig.«

»Ich weiß. Was noch?«

»Wollen Sie eine Diagnose in Fachausdrücken?«

»Nein.«

»Er leidet seit jeher an einer Drüsenschwäche, wie das bei den meisten seiner Statur der Fall ist. Er ist schlapp, leicht reizbar und schnell erschöpft.«

»Und sein derzeitiger Zustand?«

»Hier wird die Angelegenheit heikler. Ich war heute Morgen sehr überrascht, ihn in dem Zustand vorzufinden, in dem Sie ihn gesehen haben. Ich habe ihn gründlich untersucht. Trotz der Herzmuskelverdickung ist das Herz nicht schlecht, nicht schlechter als vor ein oder zwei Wochen, und da lief Lagrange noch normal herum.«

»Haben Sie in Erwägung gezogen, dass er simulieren könnte?«

Pardon hatte daran gedacht. Man merkte es an seiner Verlegenheit. Bedächtig wog er seine Worte ab.

»Sie haben vermutlich gute Gründe, mir diese Frage zu stellen?«

»Schwerwiegende Gründe.«

»Sein Sohn?«

»Ich weiß es nicht. Ich sollte Ihnen wohl sagen, was passiert ist. Vor achtundvierzig Stunden – vielleicht etwas später, vielleicht etwas früher, das werden wir gleich erfahren – wurde ein Mann ermordet, höchstwahrscheinlich in der Wohnung in der Rue Popincourt.«

»Hat man ihn identifiziert?«

»Es handelt sich um den Abgeordneten Delteil.«

»Kannten sie sich?«

»Das wird die Untersuchung zeigen. Jedenfalls hat François Lagrange gestern Abend, als wir bei Ihnen gegessen und von ihm gesprochen haben, ein Taxi zu seiner Wohnung gelotst und mithilfe des Fahrers einen Koffer heruntergetragen, in dem die Leiche lag. Den hat er dann an der Gare du Nord deponiert. Überrascht Sie das?«

»Solche Dinge überraschen einen immer.«

»Verstehen Sie jetzt, warum es für mich so wichtig ist, zu wissen, ob François Lagrange bei Ihrer Untersuchung heute Morgen wirklich so krank war, wie es den Anschein hatte, oder ob er simuliert hat?«

Pardon erhob sich.

»Bevor ich Ihnen darauf antworte, würde ich ihn gern noch einmal untersuchen. Wo ist er?«

Er nahm an, dass man Lagrange bereits in eines der Büros am Quai des Orfèvres geführt hatte.

»Noch bei sich zu Hause, in seinem Bett.«

»Er weiß von nichts?«

»Er weiß nicht einmal, dass wir die Leiche gefunden haben.«

»Was haben Sie vor?«

»Mit Ihnen zu ihm zu gehen, wenn Sie bereit sind, mich zu begleiten. Sind Sie mit ihm befreundet?«

Pardon zögerte einen Augenblick und antwortete dann freiheraus:

»Nein.«

»Ist er Ihnen sympathisch?«

»Sagen wir, er tut mir leid. Es hat mich nicht gerade erfreut, ihn in meiner Sprechstunde zu sehen. Mir war das eher peinlich, ein Gefühl, das mich in der Gegenwart von so zartbesaiteten Zeitgenossen immer befällt. Aber man darf nicht vergessen, dass er ganz allein drei Kinder großgezogen hat und seine Stimme vor Rührung zittert, wenn er von seinem Jüngsten spricht.«

»Ist er überempfindlich?«

»Das habe ich mich auch gefragt. Ich mag Männer nicht, die weinen.«

»Hat er öfter vor Ihnen geweint?«

»Ja, besonders, als seine Tochter ausgezogen ist, ohne ihm auch nur ihre Adresse zu hinterlassen.«

»Ich habe sie getroffen.«

»Was sagt sie?«

»Nichts. Die weint nicht! Begleiten Sie mich?«

»Das wird vermutlich länger dauern?«

»Schon möglich.«

»Gestatten Sie, dass ich kurz meine Frau anrufe?«

Es war schon dunkel, als sie in einen der Polizeiwagen stiegen. Während der gesamten Fahrt schwiegen sie, jeder in seine Gedanken vertieft und wohl auch von einem mulmigen Gefühl erfüllt, in Anbetracht der Szene, die ihnen bevorstand.

»Du wartest an der Straßenecke«, sagte Maigret zum Fahrer.

Gegenüber von der 37a erkannte er Janvier.

»Dein Kollege?«

»Den hab ich vorsichtshalber in den Hof des Hauses gestellt.«

»Die Concierge?«

»Die kümmert sich nicht um uns.«

Maigret klingelte und ließ Pardon vorgehen. In der Loge brannte kein Licht. Die Concierge fragte sie nicht, wer sie waren, aber der Kommissar glaubte, den hellen Fleck ihres Gesichts hinter der Scheibe zu erkennen.

Oben im dritten Stock brannte in einem der Zimmer Licht.

»Gehen wir hinauf.«

Er klopfte, da die Treppenbeleuchtung nicht funktionierte und er im Dunkel den Klingelknopf nicht finden konnte. Es dauerte nicht so lange wie am Morgen, bis eine Stimme fragte:

»Wer ist da?«

»Kommissar Maigret.«

»Einen Augenblick, bitte.«

Lagrange schien wieder seinen Morgenrock überzustreifen. Seine Hände zitterten, denn er hatte Mühe, den Schlüssel im Schloss umzudrehen.

»Haben Sie Alain gefunden?«

Im selben Augenblick erkannte er im Halbdunkel den Arzt. Sein Gesicht veränderte sich, wurde noch blasser als gewöhnlich. Reglos blieb er stehen und wusste nicht mehr, was er tun oder sagen sollte.

»Dürfen wir reinkommen?«

Maigret schnupperte. Er erkannte den Geruch,

der ihm in die Nase stieg, den Geruch von verbranntem Papier. Seit dem ersten Besuch des Kommissars war Lagranges Bart weiter gewachsen und die Säcke unter seinen Augen waren noch mehr angeschwollen.

»Wegen Ihres Gesundheitszustandes«, sagte der Kommissar schließlich, »wollte ich nicht ohne Ihren Arzt kommen. Pardon hat sich bereiterklärt, mich zu begleiten. Sie haben doch hoffentlich nichts dagegen, dass er Sie untersucht?«

»Er hat mich heute Morgen schon abgehört. Er weiß, dass ich krank bin.«

»Wenn Sie wieder ins Bett gehen, wird er Sie noch einmal untersuchen.«

Es war Lagrange anzusehen, dass er kurz davor war, zu protestieren, aber dann gab er doch klein bei, ging ins Schlafzimmer, zog seinen Morgenrock aus und legte sich hin.

»Machen Sie Ihre Brust frei«, sagte Pardon mit sanfter Stimme.

Während er ihn abhorchte, blickte der Mann starr zur Decke. Maigret seinerseits ging im Zimmer auf und ab. Es gab einen Ofen mit einer schwarzen Feuerklappe. Er öffnete sie. Dahinter entdeckte er verbrannte Papiere, die man mit einem Schürhaken fast zu Staub zerrieben hatte.

Hin und wieder murmelte Pardon seine ärztlichen Anweisungen:

»Drehen Sie sich um … Atmen Sie … Tiefer einatmen … Husten Sie …«

Unweit vom Bett befand sich eine Tür. Der Kommissar stieß sie auf und fand ein unbewohntes Zimmer, das wahrscheinlich einem der Kinder gehört hatte, denn es stand noch ein Eisenbett ohne Matratze da. Er drehte am Lichtschalter. Aus dem Zimmer war eine Art Abstellraum geworden. In einer Ecke stapelten sich Zeitschriften neben Büchern ohne Einband, Schulheften und einem völlig verstaubten Lederkoffer. Auf der rechten Seite am Fenster sah er eine hellere Stelle auf dem Fußboden, die genau der Form des Koffers entsprach, den man an der Gare du Nord gefunden hatte.

Als Maigret nach nebenan zurückkehrte, stand Pardon mit nachdenklicher Miene da.

»Und?«

Er antwortete nicht sofort und wich dem Blick aus, mit dem Lagrange ihn unverwandt ansah.

»Ich denke, ich kann mit gutem Gewissen sagen, dass er in der Verfassung ist, auf Ihre Fragen zu antworten.«

»Haben Sie gehört, Lagrange?«

Der sah schweigend von einem zum anderen. Es war erschütternd, in seine Augen zu sehen, die an ein verwundetes Tier erinnerten, das verstört zu den über ihn gebeugten Menschen aufblickt.

»Wissen Sie, warum ich hier bin?«

Lagrange hatte wohl während der Untersuchung einen Entschluss gefasst, denn er blieb stumm, ohne eine Miene zu verziehen.

»Geben Sie zu, dass Sie es wissen, dass Sie seit heute Morgen darauf warten und vor lauter Angst krank geworden sind.«

Pardon hatte sich in eine Ecke gesetzt, einen Ellbogen auf die Stuhllehne und das Kinn auf die Hand gestützt.

»Wir haben den Koffer gefunden.«

Es gab keine Erschütterung. Nichts ereignete sich. Maigret hätte nicht einmal beschwören können, dass der Ausdruck in den Augen des anderen für den Bruchteil einer Sekunde etwas intensiver wurde.

»Ich behaupte nicht, dass Sie André Delteil getötet haben. Es ist möglich, dass Sie keine Schuld an dem Verbrechen haben. Ich gebe zu, ich weiß überhaupt nicht, was hier passiert ist, aber ich bin sicher, dass Sie die Leiche in Ihrem Koffer zum Bahnhof transportiert haben. In Ihrem eigenen Interesse wäre es besser, Sie würden reden.«

Weiterhin Schweigen, Reglosigkeit. Maigret wandte sich zu Pardon um und warf ihm einen entmutigten Blick zu.

»Ich will gern glauben, dass Sie krank sind, dass

die Anstrengungen von gestern Abend und die seelische Erregung Sie stark mitgenommen haben. Ein Grund mehr, mir offen zu antworten.«

Lagrange schloss die Augen, schlug sie wieder auf, doch es kam kein Laut über seine Lippen.

»Ihr Sohn ist auf der Flucht. Wenn er der Mörder ist, werden wir ihn früher oder später fassen. Ihr Schweigen nützt ihm nicht das Geringste. Wenn er es nicht war, dann wäre es für seine Sicherheit besser, wir wüssten es. Er ist bewaffnet. Die Polizei ist darüber im Bilde.«

Maigret war ans Bett herangetreten und hatte sich vielleicht ein wenig hinuntergebeugt, ohne es zu merken. Endlich bewegten sich die Lippen des Mannes, er stammelte etwas.

»Was sagen Sie?«

Da schrie Lagrange mit angstvoller Stimme:

»Schlagen Sie mich nicht! Sie haben nicht das Recht, mich zu schlagen.«

»Das habe ich nicht vor. Das wissen Sie genau.«

»Nicht schlagen. Nicht ...«

Plötzlich warf er die Decke zurück und fuchtelte erregt mit den Armen, als wollte er einen Angriff abwehren.

»Ich will nicht ... Ich will nicht, dass man mich schlägt ...«

Es war hässlich anzusehen. Es war peinlich. Wieder drehte sich Maigret zu Pardon um, als wollte er ihn um Rat bitten. Aber welchen Rat konnte ihm der Arzt schon geben?

»Hören Sie, Lagrange. Sie sind vollkommen klar im Kopf. Sie sind kein kleines Kind mehr. Sie verstehen mich sehr gut. Vorhin waren Sie gar nicht so krank, denn Sie hatten die Kraft, belastende Papiere zu verbrennen.«

Einen Augenblick trat Ruhe ein, als verschnaufte der Mann, aber gleich darauf schlug er noch heftiger um sich. Diesmal brüllte er:

»Hierher! Hilfe! Man schlägt mich! Ich will nicht, dass man mich schlägt. Lassen Sie mich los.«

Maigret packte ihn am Handgelenk.

»Hört das jetzt auf?«

»Nein! Nein! Nein!«

»Sind Sie endlich still?«

Pardon war aufgestanden, ging auf das Bett zu und musterte den Kranken mit forschendem Blick.

»Ich will nicht ... Lassen Sie mich ... Ich wecke das ganze Haus ... Ich werde ihnen sagen ...«

Pardon flüsterte Maigret ins Ohr:

»Aus dem werden Sie nichts herausbekommen.«

Kaum hatten sich die beiden Männer vom Bett entfernt, da verfiel Lagrange wieder in Reglosigkeit und Schweigen.

Die beiden beratschlagten sich in einer Ecke.

»Denken Sie, dass er tatsächlich den Verstand verloren hat?«

»Das kann ich nicht mit Bestimmtheit sagen.«

»Aber Sie halten es für möglich?«

»So etwas ist immer möglich. Man müsste ihn beobachten.«

Lagrange hatte ein wenig den Kopf bewegt, um sie nicht aus den Augen zu verlieren. Es war offensichtlich, dass er lauschte. Er musste die letzten Worte verstanden haben und schien beruhigt.

Dennoch versuchte Maigret es noch einmal, nicht ohne Verdruss.

»Bevor Sie eine Entscheidung treffen, Lagrange, möchte ich Sie auf etwas aufmerksam machen. Ich habe einen Haftbefehl, der auf Ihren Namen ausgestellt ist. Unten warten zwei meiner Männer. Wenn Sie nicht zufriedenstellend auf meine Fragen antworten können, bringen sie Sie in die Psychiatrische Abteilung des Untersuchungsgefängnisses.«

Keine Reaktion. Lagrange starrte mit einer so abwesenden Miene zur Decke, dass man sich fragen konnte, ob er überhaupt etwas hörte.

»Doktor Pardon kann Ihnen bestätigen, dass es nahezu unfehlbare Methoden gibt, mit denen man feststellen kann, ob jemand simuliert. Heute früh waren Sie nicht verrückt. Sie waren es ebenso wenig, als Sie Ihre Papiere verbrannt haben. Sie sind es auch jetzt nicht, davon bin ich überzeugt.«

Umspielte da tatsächlich ein vages Lächeln die Lippen des Mannes?

»Ich habe Sie nicht geschlagen. Das werde ich auch nicht. Ich sage Ihnen nur noch einmal, dass Ihre Haltung Sie nirgendwo hinführt und Ihnen nichts als Antipathie einbringen wird, wenn nicht Schlimmeres. Sind Sie nun bereit zu antworten?«

»Ich will nicht, dass man mich schlägt«, wiederholte er mit tonloser Stimme, als murmelte er ein Gebet.

Maigret ging mit hängenden Schultern zum Fenster, öffnete es, beugte sich hinaus und rief dem im Hof wartenden Inspektor zu:

»Komm mit Janvier hoch!«

Dann schloss er das Fenster wieder und begann, im Zimmer auf und ab zu gehen. Man hörte Schritte auf der Treppe.

»Wenn Sie wollen, können Sie sich anziehen. Ansonsten nimmt man Sie so mit, wie Sie sind, in eine Decke gewickelt.«

Lagrange wiederholte nur leise dieselben Worte, die allmählich überhaupt keinen Sinn mehr ergaben:

»Ich will nicht, dass man mich schlägt ... Ich will nicht, dass man ...«

»Komm rein, Janvier. Du auch. Bringt ihn in die Psychiatrische. Es hat keinen Sinn, ihn anzuziehen, denn er könnte wieder anfangen, um sich zu schlagen. Legt ihm für alle Fälle Handschellen an und wickelt ihn in eine Decke.«

Im Stockwerk weiter unten hatte sich eine Tür geöffnet. Auf der anderen Seite des Hofs ging in einem Zimmer Licht an. Man sah eine Frau im Nachthemd, die sich aus dem Fenster lehnte, und hinter ihr einen Mann, der aus dem Bett stieg.

»Ich will nicht, dass man mich schlägt …«

Maigret blickte nicht hin, hörte das Klicken der Handschellen, dann schweres Keuchen, Schritte, Gepolter.

»Ich will nicht, dass man … Ich … Hilfe! Hierher!«

Einer der Inspektoren schien ihm die Hand vor den Mund zu halten oder einen Knebel hineinzustopfen, denn die Stimme wurde leiser, verstummte ganz. Schritte hallten durch das Treppenhaus.

Gleich darauf trat eine unangenehme Stille ein. Die erste Bewegung des Kommissars galt seiner Pfeife. Er zündete sie an. Dann blickte er auf das zerwühlte Bett, von dem ein Laken bis zur Mitte des Raums ausgebreitet war. Die alten Pantoffeln waren noch da, der Morgenrock auf dem Fußboden.

»Was sagen Sie dazu, Pardon?«

»Das wird nicht leicht für Sie.«

»Entschuldigen Sie, dass ich Sie da hineingezogen habe. Das war nicht schön.«

Als wäre ihm eben noch etwas eingefallen, murmelte der Arzt:

»Er hatte immer große Angst vorm Sterben.«

»Ach!«

»Jede Woche klagte er über neue Beschwerden und fragte mich immer wieder, ob es etwas Ernstes sei. Er kaufte sich Bücher über Medizin. Die wird man bestimmt noch irgendwo finden.«

Tatsächlich entdeckte Maigret sie in einer Kommodenschublade, zwischen manchen Seiten steckten Lesezeichen.

»Was werden Sie tun?«

»Zunächst einmal wird sich die Psychiatrische mit ihm befassen. Ich für meinen Teil setze die Ermittlung fort. Vor allem will ich seinen Sohn ausfindig machen.«

»Denken Sie denn, dass er es war?«

»Nein. Hätte Alain den Mord begangen, hätte er meinen Revolver nicht zu stehlen brauchen. Denn als er bei mir war, war das Verbrechen schon geschehen. Der Mord wurde vor mindestens achtundvierzig Stunden begangen, also am Dienstag.«

»Bleiben Sie noch hier?«

»Noch ein paar Minuten. Ich warte auf die Inspektoren, die mir Janvier schicken soll. In einer Stunde habe ich Doktor Pauls Bericht vorliegen.«

Kurz darauf erschien Torrence, begleitet von zwei Kollegen und den Männern vom Erkennungsdienst mit ihren Gerätschaften. Maigret gab ihnen Anweisungen, während sich Pardon mit immer noch nachdenklicher Miene etwas abseits hielt.

»Kommen Sie?«

»Ich folge Ihnen.«

»Soll ich Sie zu Hause absetzen?«

»Ich wollte Sie gerade um die Erlaubnis bitten, in die Psychiatrische Abteilung zu fahren. Aber vielleicht würden das meine Kollegen dort nicht gern sehen.«

»Im Gegenteil. Haben Sie eine Idee?«

»Nein. Ich möchte ihn nur noch einmal sehen, vielleicht einen neuen Versuch wagen. Das ist ein aufwühlender Fall.«

Es tat gut, wieder auf der Straße, an der frischen Luft zu sein. Die beiden Männer fuhren zum Quai des Orfèvres. Maigret wusste schon im Voraus, dass dort mehr Fenster erleuchtet sein würden als gewöhnlich. Der große Sportwagen von Pierre Delteil parkte immer noch am Straßenrand. Der Kommissar runzelte die Stirn, als er sah, dass der Journalist Lombras im Vorzimmer auf der Lauer lag.

»Der Bruder wartet auf Sie. Immer noch nichts für mich?«

»Immer noch nichts, mein Kleiner.«

Er sagte es, ohne nachzudenken, denn Gérard Lombras war fast genauso alt wie er.

4

Die Fortsetzung der schlaflosen Nacht und der unangenehmen Gespräche

Pierre Delteil war aggressiv. Während Maigret dem kleinen Lapointe, der gerade zum Dienst erschienen war, Anweisungen gab, stellte er sich zum Beispiel vor den Schreibtisch, lehnte sich mit dem Gesäß an die Tischkante und trommelte mit seinen manikürten Fingerspitzen auf ein silbernes Zigarettenetui. Als der Kommissar Lapointe noch einmal zurückrief und ihn bat, Sandwiches und Bier zu bestellen, verzog er den Mund zu einem hämischen Grinsen.

Allerdings hatte er einen schweren Schock erlitten, und seine Nervosität war seitdem in einem Maß angestiegen, dass es kaum mitanzusehen war.

»Na endlich!«, rief er, als die Tür wieder geschlossen wurde und Maigret sich an seinen Schreibtisch setzte.

Und als dieser ihn anblickte, als sähe er ihn zum ersten Mal:

»Sie sind wohl zu dem Schluss gekommen, dass es ein Raubmord oder eine Frauengeschichte war, was? Wahrscheinlich haben Sie von hoher Stelle Anweisung erhalten, den Fall zu vertuschen? Ich will Ihnen aber sagen …«

»Setzen Sie sich, Monsieur Delteil.«

Er setzte sich nicht gleich.

»Ich spreche nicht gern mit jemandem, der steht.«

Maigrets Stimme klang ein wenig müde, ein wenig dumpf. Die Deckenbeleuchtung war nicht eingeschaltet. Nur die Schreibtischlampe verbreitete ihr grünes Licht. Endlich setzte sich Pierre Delteil auf den Stuhl, auf den der Kommissar gedeutet hatte, schlug die Beine über- und wieder auseinander und öffnete den Mund, um zu neuen Verunglimpfungen anzusetzen, doch er kam nicht dazu.

»Nur eine Formalität«, sagte Maigret und streckte die Hand aus, ohne sich die Mühe zu machen, ihn anzusehen. »Zeigen Sie mir bitte Ihren Personalausweis?«

Er prüfte ihn sorgfältig wie ein Grenzpolizist und drehte ihn zwischen den Fingern hin und her.

Filmproduzent, las er schließlich in der Rubrik *Beruf*.

»Haben Sie viele Filme produziert, Monsieur Delteil?«

»Na ja …«

»Haben Sie denn einen gemacht?«

»Er ist noch in Arbeit, aber …«

»Wenn ich Sie richtig verstehe, haben Sie überhaupt nichts produziert. Als ich Sie telefonisch erreicht habe, waren Sie im Maxim's. Kurz vorher waren Sie im Fouquet's. Sie wohnen in einer möblierten Wohnung in einem ziemlich teuren Haus in der Rue de Ponthieu und besitzen einen sehr schönen Wagen.«

Jetzt musterte er ihn von Kopf bis Fuß, als begutachtete er den Schnitt des Anzugs, das Seidenhemd und die Schuhe, die von einem erstklassigen Schuhmacher stammen mussten.

»Haben Sie eigene Einkünfte, Monsieur Delteil?«

»Ich weiß nicht, worauf Sie hinauswollen mit diesen ...«

»... Fragen«, beendete der Kommissar ruhig den Satz. »Auf gar nichts. Was haben Sie gemacht, bevor Ihr Bruder Abgeordneter wurde?«

»Ich habe im Wahlkampf mitgearbeitet.«

»Und davor?«

»Ich ...«

»Da haben wir's. Kurz gesagt, sind Sie seit einigen Jahren mehr oder weniger die graue Eminenz Ihres Bruders. Im Gegenzug hat er sich um Ihre Bedürfnisse gekümmert.«

»Wollen Sie mich demütigen? Gehört das zu den Anweisungen, die Sie bekommen haben? Geben Sie's doch zu, diese Herren wissen ganz genau, dass es ein politisches Verbrechen war, und haben Ihnen den Auftrag erteilt, die Wahrheit um jeden Preis zu vertuschen. Weil mir das da oben klar geworden ist, habe ich auf Sie gewartet. Ich möchte Ihnen erklären …«

»Kennen Sie den Mörder?«

»Nicht unbedingt, aber als mein Bruder unbequem wurde, hat man sich wohl abgesprochen, um ihn …«

»Sie können Ihre Zigarette ruhig anzünden.«

Plötzliche Stille.

»Ihrer Meinung nach kommt vermutlich nur ein politisches Verbrechen infrage?«

»Kennen Sie den Schuldigen?«

»Ich stelle hier die Fragen, Monsieur Delteil. Hatte Ihr Bruder Geliebte?«

»Das ist allgemein bekannt. Er hat keinen Hehl daraus gemacht.«

»Auch nicht gegenüber seiner Frau?«

»Er hatte umso weniger Grund, es vor ihr zu verbergen, als sie sich scheiden lassen wollten. Das ist auch einer der Gründe, weshalb sich Pat in den Vereinigten Staaten aufhält.«

»Wollte sie die Scheidung?«

Pierre Delteil zögerte.

»Weshalb?«

»Wahrscheinlich, weil es ihr keinen Spaß mehr gemacht hat.«

»Wegen ihres Bruders?«

»Kennen Sie die Amerikanerinnen?«

»Ich bin einigen begegnet.«

»Auch reichen?«

»Ja, auch.«

»Dann müssen Sie ja wissen, dass sie manchmal aus einer Laune heraus heiraten. Vor acht Jahren war Pat auf Durchreise in Frankreich. Es war ihr erster Aufenthalt in Europa. Sie hat Gefallen an der Vorstellung gefunden, zu bleiben, ein Stadtpalais in Paris zu besitzen, sich ins Pariser Leben zu stürzen.«

»Und einen Mann zu haben, der in diesem Pariser Leben eine Rolle spielt. Hat sie Ihren Bruder gedrängt, in die Politik zu gehen?«

»Er hatte schon immer mit der Idee gespielt.«

»Also hat er sich nur die Mittel zunutze gemacht, die ihm durch die Heirat zur Verfügung standen. Sie meinten eben, seine Frau sei es leid gewesen und in die Vereinigten Staaten zurückgekehrt, um die Scheidung einzureichen. Was wäre dann aus Ihrem Bruder geworden?«

»Er hätte seine Karriere weiterverfolgt.«

»Das Vermögen? Für gewöhnlich sind reiche Amerikanerinnen doch so vorsichtig, sich nur auf eine Ehe mit Gütertrennung einzulassen.«

»André hätte ihr Geld sowieso nicht angenommen. Ich verstehe nicht, was diese Fragen …«

»Kennen Sie diesen jungen Mann?«

Maigret reichte ihm das Foto von Alain Lagrange. Pierre Delteil betrachtete es verwirrt und blickte dann auf:

»Ist das der Mörder?«

»Ich will wissen, ob Sie ihn schon einmal gesehen haben.«

»Noch nie.«

»Kennen Sie einen gewissen Lagrange, François Lagrange?«

Er begann sein Gedächtnis zu durchforsten, als wäre ihm der Name nicht ganz unbekannt, als versuchte er, ihn einzuordnen.

»Ich glaube, in gewissen Kreisen«, erklärte Maigret genauer, »nennt man ihn Baron Lagrange.«

»Jetzt weiß ich, wen Sie meinen. Meistens sagt man einfach: der Baron.«

»Kennen Sie ihn gut?«

»Ich treffe ihn hin und wieder im Fouquet's oder einem anderen Lokal. Gelegentlich geben wir uns die Hand. Ich habe wohl auch schon einen Aperitif mit ihm getrunken.«

»Haben Sie geschäftlich mit ihm zu tun?«

»Nein, Gott sei Dank nicht.«

»Hatte Ihr Bruder Umgang mit ihm?«

»So wie ich wahrscheinlich. Den Baron kennt mehr oder weniger jeder.«

»Was wissen Sie über ihn?«

»Fast nichts. Er ist ein Trottel, ein gutmütiger Trottel, eine ziemliche Pfeife, die sich einzuschleimen versucht.«

»Was ist er von Beruf?«

Und Pierre Delteil, naiver, als beabsichtigt:

»Er hat einen Beruf?«

»Er muss doch wohl von etwas leben?«

Fast hätte Maigret hinzugefügt: »Nicht jeder hat das Glück, einen Abgeordneten zum Bruder zu haben.«

Aber er ließ es sein, denn es war nicht mehr nötig. Der junge Delteil war langsam zugänglich geworden, ohne sich der Veränderung in seiner Haltung bewusst zu sein.

»Er macht irgendwelche undurchsichtigen Geschäfte. Zumindest vermute ich das. Da ist er ja nicht der Einzige. Er gehört zu den Leuten, die einen am Revers festhalten, verkünden, sie würden gerade ein Millionengeschäft aufziehen, und einen dann um ein paar Franc für ein Essen oder ein Taxi anpumpen.«

»Wollte er sich auch von Ihrem Bruder Geld leihen?«

»Das hat er bei allen versucht.«

»Glauben Sie, Ihr Bruder könnte ihn benutzt haben?«

»Bestimmt nicht.«

»Warum nicht?«

»Weil mein Bruder keinen Dummköpfen getraut hat. Ich weiß nicht, worauf Sie hinauswollen. Mir kommt es so vor, als wollten Sie bestimmte Informationen nicht herausrücken. Ich begreife immer noch nicht, woher man gewusst hat, dass Andrés Leiche in einem Koffer in der Gepäckaufbewahrung der Gare du Nord war.«

»Das wusste man nicht.«

»Ein Zufall?«

Er begann wieder, hämisch zu grinsen.

»Ja, fast. Noch eine Frage. Aus welchem Grund könnte jemand wie Ihr Bruder eine Person wie den Baron in seiner Wohnung besucht haben?«

»Er hat ihn besucht?«

»Sie haben meine Frage nicht beantwortet.«

»Das halte ich für unwahrscheinlich.«

»Am Anfang einer Ermittlung kommt einem ein Verbrechen immer unwahrscheinlich vor.«

Als es an der Tür klopfte, rief er: »Herein!«

Es war der Kellner der Brasserie Dauphine mit Sandwiches und Bier.

»Möchten Sie etwas davon, Monsieur Delteil?«

»Danke.«

»Danke, nein?«

»Ich war gerade beim Abendessen, als ...«

»Ich will Sie nicht länger aufhalten. Ich habe Ihre Telefonnummer. Es kann sein, dass ich Sie morgen oder danach noch brauche.«

»Alles in allem schließen Sie die Möglichkeit eines politischen Verbrechens von vornherein aus?«

»Ich schließe überhaupt nichts aus. Wie Sie sehen, arbeite ich.«

Er griff zum Hörer, um dem anderen noch deutlicher zu verstehen zu geben, dass das Gespräch beendet war.

»Hallo! Sind Sie's, Paul?«

Delteil zögerte, nahm dann aber seinen Hut und ging zur Tür.

»Sie sollten jedenfalls wissen, dass ich nicht zulassen werde …«

Maigret winkte ihm zu, nach dem Motto:

»Auf Wiedersehen! Auf Wiedersehen!«

Die Tür schloss sich hinter ihm.

»Hier Maigret … Und? … Ja, das hab ich mir schon gedacht … Sie meinen also, er ist am Dienstagabend oder vielleicht im Lauf der Nacht ermordet worden? … Ob das zusammenpasst? … So ungefähr …«

Am Dienstag, aber erst am Nachmittag, hatte François Lagrange noch einmal beim Arzt angerufen, um sicherzugehen, dass Maigret am Tag darauf zum Abendessen käme. Da wollte er den Kommissar noch kennenlernen und höchstwahrscheinlich nicht aus reiner Neugier. Er war also vermutlich nicht auf den Besuch des Abgeordneten eingestellt, aber vielleicht erwartete er ihn für einen der folgenden Tage.

Am Mittwochvormittag fand sich sein Sohn Alain am Boulevard Richard-Lenoir ein, laut Madame Maigret so nervös und verängstigt, dass sie Mitleid mit ihm hatte und ihn unter ihre Fittiche nahm.

Was wollte der junge Mann dort? Sich einen Rat holen? War er am Mord beteiligt gewesen? Oder hatte er die Leiche entdeckt, die vielleicht noch nicht im Koffer gelegen hatte?

Jedenfalls änderte er beim Anblick von Maigrets Revolver seine Meinung, nahm die Waffe an sich, verließ die Wohnung auf Zehenspitzen und eilte zum erstbesten Waffenhändler, um sich Munition zu kaufen.

Er hatte also einen Plan im Kopf.

Am selben Abend ging sein Vater nicht zum Essen bei den Pardons, sondern wandte sich an einen Taxifahrer und brachte mit dessen Hilfe die Leiche zur Gare du Nord. Danach legte er sich ins Bett und fühlte sich krank.

»Die Kugel, Paul?«

Wie erwartet, hatte man sie nicht aus seinem amerikanischen Revolver abgefeuert, was übrigens auch unmöglich gewesen wäre, da die Waffe zum Zeitpunkt des Verbrechens noch bei ihm zu Hause war, sondern stammte aus einer Pistole mit kleinem Kaliber, einer 6,35, die nicht viel angerichtet hätte, wenn die Kugel nicht durchs linke Auge eingetreten und im Schädel stecken geblieben wäre.

»Ist Ihnen noch etwas aufgefallen? Der Magen?«

Dieser enthielt die Reste eines üppigen Abendessens. Die Verdauung hatte gerade erst eingesetzt. Nach Doktor Pauls Ansicht wurde das Verbrechen gegen elf Uhr abends begangen, da der Abgeordnete Delteil in der Regel nicht früh zu Abend aß.

»Ich danke Ihnen, mein Lieber. Nein, die Probleme, die ich noch zu lösen habe, fallen nicht in Ihren Bereich.«

Er begann, ganz allein in seinem Büro zu essen, wo weiterhin nur das grüne Licht brannte. Er war besorgt, fühlte sich unwohl. Das Bier war lauwarm. Er hatte vergessen, Kaffee zu bestellen. Während er sich noch den Mund abwischte, holte er die Cognacflasche aus seinem Schrank und schenkte sich ein Glas ein.

»Hallo! ... Verbinden Sie mich mit der Psychiatrischen!«

Er war überrascht, Journes Stimme zu hören. Der Professor persönlich hatte sich ans Telefon bemüht.

»Sind Sie schon dazu gekommen, meinen Kunden zu untersuchen? Was halten Sie von ihm?«

Eine entschiedene Antwort hätte ihn ein wenig erleichtert, aber der alte Journe war kein Mann eindeutiger Antworten. Am anderen Ende der Leitung hielt er Maigret einen mit vielen Fachbegriffen gespickten Vortrag, dem er entnahm, dass Lagrange mit sechzigprozentiger Wahrscheinlichkeit simulierte und Wochen vergehen konnten, bis ein wissenschaftlicher Beweis vorlag, es sei denn, Lagrange beginge einen Fehler.

»Ist Doktor Pardon noch bei Ihnen?«

»Er ist gerade im Begriff, zu gehen.«

»Was macht Lagrange?«

»Er ist ganz gefügig, hat sich zu Bett bringen lassen und mit kindlicher Stimme zur Schwester gesprochen. Unter Tränen hat er ihr anvertraut, man habe ihn schlagen wollen, alle Welt habe sich gegen ihn verschworen, sein Leben lang sei das so gewesen ...«

»Kann ich ihn morgen früh sprechen?«

»Wann immer Sie wollen.«

»Ich würde gern kurz mit Pardon reden.«

Und zu diesem:

»Und?«

»Nichts Neues. Ich teile die Meinung des Professors nicht ganz, aber er ist kompetenter als ich, und ich habe mich schon seit Jahren nicht mehr mit Psychiatrie befasst.«

»Ihre persönliche Einschätzung?«

»Ich möchte erst ein paar Stunden darüber nachdenken, bevor ich mich äußere. Der Fall ist zu ernst für ein leichtfertiges Urteil. Gehen Sie jetzt nicht nach Hause ins Bett?«

»Noch nicht. Heute Nacht werde ich höchstwahrscheinlich überhaupt nicht schlafen.«

»Brauchen Sie mich noch?«

»Nein, mein Lieber. Ich danke Ihnen. Richten Sie bitte noch Ihrer Frau aus, dass es mir leidtut.«

»Sie ist es gewohnt.«

»Meine zum Glück auch.«

Maigret erhob sich, weil er noch einen Abstecher in die Rue Popincourt machen wollte, um zu sehen, wie weit seine Männer waren. Wegen der verbrannten Papiere im Ofen hegte er zwar wenig Hoffnung, dass man einen Beweis finden würde, aber er hatte Lust, selbst in den Winkeln der Wohnung zu schnüffeln.

Als er gerade nach seinem Hut griff, klingelte das Telefon.

»Hallo! Kommissar Maigret? … Hier ist das Kommissariat am Faubourg Saint-Denis. Man hat mir gesagt, ich solle Sie auf jeden Fall anrufen. Hier spricht Polizist Lecœur.«

Man spürte seine starke Erregung.

»Es ist wegen des jungen Mannes, dessen Foto wir bekommen haben. Ich habe hier jemanden …«

Er verbesserte sich:

»... eine Person, der soeben in der Rue de Maubeuge die Brieftasche gestohlen wurde.«

Der Mann, der die Anzeige erstattete, schien das Gespräch mitanzuhören, weshalb Lecœur seine Worte mit Bedacht wählte.

»Es handelt sich um einen Industriellen aus der Provinz ... Einen Augenblick ... Aus Clermont-Ferrand. Vor etwa einer halben Stunde ging er über die Rue de Maubeuge, als ein Mann aus der Dunkelheit auftauchte, auf ihn zusprang und ihm einen großen Revolver unter die Nase hielt ... Genauer gesagt, ein junger Mann.«

Lecœur sprach mit jemandem im Hintergrund.

»Er sagt, ein sehr junger Mann, fast noch ein Junge ... Anscheinend haben seine Lippen so stark gezittert, dass er kaum die Worte ›Ihre Brieftasche‹ herausbrachte.«

Maigret runzelte die Stirn. In neunundneunzig von hundert Fällen sagte ein Straßenräuber: »*Deine* Brieftasche!«

Gerade daran erkannte man den Amateur, den Anfänger.

»Als der Herr mir von einem jungen Mann erzählte«, fuhr Lecœur nicht ohne einen Anflug von Selbstgefälligkeit fort, »habe ich sofort an das Foto gedacht, das man uns gestern geschickt hat, und es ihm gezeigt. Er hat ihn ohne Zögern wiedererkannt ... Wie?«

Jetzt sprach der Industrielle aus Clermont-Ferrand. Maigret hörte ihn laut sagen:

»Ich bin mir absolut sicher!«

»Was hat er dann gemacht?«, fragte Maigret.

»Wer?«

»Der Angreifer.«

Wieder zwei Stimmen, wie bei einem schlecht eingestellten Radio, zwei Stimmen, die dasselbe sagten:

»Er ist davongerannt.«

»In welche Richtung?«

»Boulevard de la Chapelle.«

»Wie viel Geld war in der Brieftasche?«

»Etwa dreißigtausend Franc. Was soll ich tun? Wollen Sie ihn sehen?«

»Den Überfallenen? Nein. Nehmen Sie seine Aussage zu Protokoll. Einen Augenblick! Geben Sie ihn mir mal.«

Sofort sagte der Mann:

»Ich heiße Grimal, Gaston Grimal, aber es wäre mir lieber, wenn mein Name ...«

»Selbstverständlich. Ich wollte Sie nur fragen, ob Ihnen am Verhalten des Diebs etwas aufgefallen ist. Denken Sie in Ruhe darüber nach.«

»Ich denke schon eine halbe Stunde darüber nach. All meine Papiere ...«

»Die Chancen stehen nicht schlecht, dass man sie wiederfindet. Der Dieb?«

»Er wirkte auf mich nicht wie ein Krimineller, sondern wie ein Junge aus guter Familie.«

»Waren Sie weit weg von einer Straßenlaterne?«

»Nicht sehr weit. So wie von hier bis zum Zimmer nebenan. Er schien ebenso erschrocken zu sein wie ich, sodass ich mich fast ...«

»... gewehrt hätte.«

»Ja. Dann habe ich gedacht, dass leicht etwas schiefgehen kann.«

»Weiter nichts? Was hatte er an?«

»Einen dunklen Anzug, wohl einen marineblauen.«

»Zerknittert?«

»Das weiß ich nicht.«

»Ich danke Ihnen, Monsieur Grimal. Es würde mich sehr wundern, wenn nicht eine Polizeistreife bis morgen früh Ihre Brieftasche auf dem Gehweg fände. Natürlich ohne das Geld.«

An dieses Detail hatte Maigret nicht gedacht, und es wurmte ihn. Alain Lagrange hatte sich zwar einen Revolver verschafft, aber den Verhältnissen in der Rue Popincourt nach zu urteilen wahrscheinlich nur wenig Geld in der Tasche.

Er verließ sofort sein Büro und ging zur Funkzentrale, wo nur die beiden diensthabenden Männer waren.

»Macht mir eine Schaltung zu allen Kommissariaten und Streifenwagen.«

Kaum eine halbe Stunde später hörten alle Pariser Kommissariate den Funkspruch:

Kommissar Maigret jeden bewaffneten Überfall melden, der in den letzten vierundzwanzig Stunden versucht oder durchgeführt wurde! Dringend!

Er wiederholte den Aufruf und fügte Alain Lagranges Personenbeschreibung hinzu.

Muss sich noch im Viertel um die Gare du Nord und den Boulevard de la Chapelle aufhalten.

Er ging nicht gleich in sein Büro zurück, sondern noch in der Abteilung vorbei, bei der die Meldezettel der Hotels eingingen.

»Sehen Sie doch mal nach, ob nicht irgendwo der Name Alain Lagrange gemeldet ist. Wahrscheinlich in einem zweitklassigen Hotel.«

Es war einen Versuch wert. Alain hatte Madame Maigret nicht seinen Namen genannt. Es war nicht auszuschließen, dass er die letzte Nacht in irgendeinem Hotel verbracht hatte. Da ihn niemand kannte, hatte er vielleicht auch seinen richtigen Namen auf den Meldezettel geschrieben.

»Wollen Sie warten, Herr Kommissar?«

»Nein, rufen Sie mich dann oben an.«

Die Spezialisten waren mit ihren Gerätschaften aus der Rue Popincourt zurückgekehrt, aber die Inspektoren waren noch dort. Um halb eins wurde Maigret vom Polizeipräsidenten angerufen.

»Nichts Neues?«

»Bisher nichts Konkretes.«

»Die Zeitungen?«

»Sie werden nur die Pressemitteilung veröffentlichen. Aber gleich nach dem Erscheinen der ersten Ausgabe rechne ich mit einem Ansturm von Reportern.«

»Was denken Sie, Maigret?«

»Noch nichts. Der Bruder von Delteil wollte unbedingt ein politisches Verbrechen in dem Mord sehen. Ich habe es ihm sanft ausgeredet.«

Später rief noch der Leiter der Kriminalpolizei an, ebenso wie Untersuchungsrichter Rateau. Sie schliefen alle schlecht in dieser Nacht. Maigret selbst hatte nicht vor, sich schlafen zu legen.

Es war Viertel nach eins, als er einen Anruf erhielt, der ihn mehr überraschte. Er kam weder aus der Gegend der Gare du Nord noch aus dem Stadtzentrum, sondern vom Kommissariat Neuilly.

Man hatte dort gerade einem Polizisten, der von der Streife zurückgekehrt war, von Maigrets Funkspruch berichtet, woraufhin dieser sich am Kopf gekratzt und gebrummt hatte:

»Vielleicht sollte ich ihn besser anrufen.«

Er hatte dem diensthabenden Brigadier seine Geschichte erzählt. Dieser hatte ihn ermutigt, sich an den Kommissar zu wenden. Es handelte sich um einen jungen Polizisten, der erst seit ein paar Monaten seine Uniform trug.

»Ich weiß nicht, ob Sie das interessieren wird«, sagte er zu dicht an der Sprechmuschel, sodass seine Stimme dröhnte.

»Heute früh, oder besser gesagt gestern früh, denn es ist ja schon nach Mitternacht ... Ich war auf Streife am Boulevard Richard-Wallace, am Rand des Bois de Boulogne, fast gegenüber vom Bagatelle, denn ich hab erst seit heute Abend Nachtdienst ... Dort steht eine Reihe von Häusern, die alle gleich aussehen. Es war ungefähr zehn Uhr. Ich bin stehen geblieben, um mir einen großen ausländischen Wagen mit einem mir unbekannten Nummernschild anzusehen. Hinter mir ist ein junger Mann aus einem Haus mit der Hausnummer 7a gekommen. Ich habe nicht weiter darauf geachtet, denn er ging wie selbstverständlich auf die Straßenecke zu. Dann habe ich die Concierge gesehen, die ebenfalls herauskam und ein komisches Gesicht machte.

Ich kannte sie übrigens schon ein bisschen. Ich habe mal ein paar Worte mit ihr gewechselt, als ich ihr eine Vorladung für einen Bewohner des

Hauses gebracht habe. Sie hat mich wiedererkannt.

›Sie wirken beunruhigt‹, hab ich zu ihr gesagt.

Da hat sie geantwortet:

›Ich möchte bloß wissen, was der da hier wollte.‹

Sie warf einen Seitenblick auf den jungen Mann, der gerade um die Ecke bog.

›Er ist an der Loge vorbeigegangen, ohne nach jemandem zu fragen‹, fuhr sie fort. ›Er hat sich zum Fahrstuhl gedreht, einen Augenblick gezögert und dann die Treppe genommen. Da ich ihn noch nie gesehen hatte, bin ich ihm nachgelaufen.‹ ›Zu wem wollen Sie?‹, hat sie gefragt.

Er war schon einige Stufen hinaufgestiegen. Überrascht, fast erschrocken, hat er sich umgedreht und ist eine ganze Weile stumm geblieben.

Ihm fiel nichts anderes ein als:

›Ich habe mich wohl im Haus geirrt.‹«

Der Polizist fuhr fort:

»Die Concierge behauptet, er habe sie so seltsam angestarrt, dass sie nicht gewagt hat, ihn noch etwas zu fragen. Aber als er das Haus verlassen hat, ist sie hinter ihm her. Da mir die Sache verdächtig vorkam, bin ich selbst bis zur Ecke der Rue de Longchamp gegangen, aber da war niemand mehr. Der junge Mann muss losgerannt sein. Gerade erst hat man mir das Foto gezeigt. Ich bin mir nicht ganz sicher, aber ich denke, dass er es war. Vielleicht war es falsch, dass ich Sie angerufen habe. Der Brigadier meinte ...«

»Sie haben richtig gehandelt.«

Und der junge Polizist war schlau genug hinzuzufügen:

»Ich heiße Émile Lebraz.«

Maigret rief Lapointe.

»Müde?«

»Nein, Chef.«

»Dann setz dich in mein Büro und nimm die Anrufe entgegen. Ich hoffe, ich bin in einer Dreiviertelstunde wieder da. Wenn es was Dringendes gibt, ruf mich in Neuilly, Boulevard Richard-Wallace 7a an. Bei der Concierge, die dürfte ein Telefon haben. Übrigens würde es Zeit sparen, wenn du sie gleich anrufst und ihr sagst, ich müsse sie einen Augenblick sprechen. So kann sie in Ruhe aufstehen und einen Morgenrock überziehen, bevor ich komme.«

Die Fahrt durch die menschenleeren Straßen dauerte nicht lange. Als er klingelte, fand er die Loge erleuchtet vor und die Concierge nicht nur im Morgenrock, sondern vollständig angezogen, um ihn zu empfangen. Es war ein elegantes Haus und die Loge eine Art Salon. Im Nebenraum, dessen Tür halb offen stand, war ein schlafendes Kind zu sehen.

»Monsieur Maigret?«, murmelte die brave Frau,

ganz aufgeregt darüber, ihn persönlich vor sich zu sehen.

»Es tut mir sehr leid, dass ich Sie aus dem Schlaf geholt habe. Ich wollte Sie nur bitten, sich diese Fotos anzusehen und mir zu sagen, ob einer von ihnen dem jungen Mann ähnlichsieht, den Sie gestern früh auf der Treppe angetroffen haben.«

Vorsichtshalber hatte er einen ganzen Stapel Fotos mitgenommen, auf denen junge Leute ungefähr desselben Alters zu sehen waren. Die Concierge zögerte nicht länger als der Industrielle aus Clermont.

»Das ist er!«, sagte sie und zeigte auf Alain Lagranges Foto.

»Sind Sie sich ganz sicher?«

»Da besteht kein Zweifel.«

»Als Sie ihn aufgehalten haben, hat er Sie da bedroht?«

»Nein! Seltsam, dass Sie mich das fragen, denn ich hatte selbst daran gedacht. Es war mehr so ein Gefühl, verstehen Sie? Ich möchte nichts behaupten, was ich nicht mit Sicherheit weiß. Nachdem er sich umgedreht hatte, hat er sich nicht gerührt, aber ich hatte eine so komische Beklemmung in der Brust. Ehrlich gesagt kam es mir so vor, als wäre er unschlüssig, ob er mir etwas antun sollte.«

»Wie viele Mietparteien wohnen im Haus?«

»In jedem Stock sind zwei Wohnungen. Das

macht bei sieben Stockwerken insgesamt vierzehn. Doch zwei stehen im Augenblick leer. Eine Familie ist vor drei Wochen nach Brasilien gezogen – der Mann war hier bei der Brasilianischen Botschaft tätig. Der Herr aus dem Fünften ist vor zwölf Tagen gestorben.«

»Könnten Sie mir eine Liste der Mieter erstellen?«

»Kein Problem. Ich habe schon eine fertig.«

Auf einem Gasherd kochte Wasser. Nachdem die Concierge Maigret eine mit Schreibmaschine getippte Liste gereicht hatte, machte sie sich daran, Kaffee zuzubereiten.

»Ich dachte, Sie hätten vielleicht gern eine Tasse. Um diese Zeit ... Mein Mann, den ich leider letztes Jahr verloren habe, war zwar nicht bei der Polizei, aber bei der Garde.«

»Ich sehe hier zwei Namen im Erdgeschoss: die Delvals und die Trélos.«

Sie lachte.

»Ja, die Delvals. Sie führen ein Importgeschäft an der Place des Victoires. Aber Monsieur Trélo wohnt ganz allein. Kennen Sie ihn nicht? Das ist der Filmkomiker.«

»Zu denen wollte der junge Mann wohl nicht, wenn er erst vorm Aufzug stehen blieb und dann die Treppe genommen hat.«

»Monsieur Desquiens im ersten Stock links, den

Sie auf der Liste sehen, ist im Augenblick nicht da. Er macht Urlaub bei seinen Kindern, die ein Gut im Süden haben.«

»Was macht er beruflich?«

»Nichts. Er ist reich. Ein sehr höflicher, ruhiger Witwer.«

»Auf der rechten Seite, Rosetti?«

»Italiener. Sie ist sehr hübsch. Sie haben drei Dienstboten und ein Kindermädchen für das Baby, das gut ein Jahr alt ist.«

»Beruf?«

»Monsieur Rosetti arbeitet in der Automobilbranche. Seinen Wagen hat sich der Polizist gerade angesehen, als ich dem jungen Mann nach draußen gefolgt bin.«

»Und im zweiten Stock? Entschuldigen Sie, dass ich Sie so lange aufhalte.«

»Das macht nichts. Zwei Zucker? Milch?«

»Keine Milch, danke. Mettetal. Wer ist das?«

»Das sind auch reiche Leute, bei denen es aber kein Dienstmädchen lange aushält. Madame Mettetal ist nämlich gesundheitlich angeschlagen und streitet sich mit jedem.«

Maigret machte sich Notizen am Rand der Liste.

»Im selben Stockwerk sehe ich: Beauman.«

»Diamantenhändler. Sie sind auf Reisen. Es ist ja gerade Saison. Ich lasse ihnen die Post in die Schweiz nachsenden.«

»Im dritten Stock rechts: Jeanne Debul. Eine alleinstehende Frau?«

»Ja, alleinstehend.«

Die Concierge hatte das in einem Ton gesagt, den Frauen häufig anschlagen, wenn sie von einer Frau reden, auf die sie nicht gut zu sprechen sind.

»Was für ein Typ?«

»Es ist schwierig, sich bei ihr auf einen Typ festzulegen. Sie ist gestern um die Mittagzeit nach England aufgebrochen. Das hat mich überrascht, weil sie vorher kein Wort davon gesagt hat.«

»Wem?«

»Ihrem Hausmädchen, ein liebes Ding, das mir alles erzählt.«

»Ist das Hausmädchen oben?«

»Ja, sie war heute Abend eine Zeit lang bei mir in der Loge. Sie wollte zu Bett gehen, denn sie ist ängstlich, und es graut ihr davor, allein in der Wohnung zu schlafen.«

»Sie sagten, sie sei erstaunt gewesen?«

»Das Hausmädchen, ja. In der Nacht zuvor war Madame Debul wie so oft erst in der Morgendämmerung heimgekehrt. Sie wird übrigens mit Madame angeredet, aber ich bin überzeugt, dass sie nie verheiratet war.«

»Wie alt?«

»Ihr richtiges Alter oder das, das sie vorgibt?«

»Beide.«

»Ich kenne das richtige, weil ich ihre Unterlagen gesehen habe, als sie die Wohnung gemietet hat.«

»Wie lange ist das her?«

»Ungefähr zwei Jahre. Vorher wohnte sie in der Rue Notre-Dame-de-Lorette. Also, sie ist neunundvierzig, gibt aber vor, vierzig zu sein. Morgens kann man ihr ihr Alter ansehen. Aber abends, na ja …«

»Hat sie einen Liebhaber?«

»Nicht, wie Sie vielleicht denken. Sonst würde man sie nicht im Haus behalten. Der Verwalter ist in diesem Punkt sehr streng. Ich weiß nicht, wie ich es Ihnen sagen soll.«

»Versuchen Sie's.«

»Sie stammt nicht aus derselben Welt wie die anderen Mieter. Aber sie ist auch niemand, der einen schlechten Eindruck hinterlässt, verstehen Sie? Sie wird zum Beispiel nicht ausgehalten. Sie hat Geld. Sie bekommt Briefe von ihrer Bank, von ihrem Börsenmakler. Sie könnte eine Witwe oder eine geschiedene Frau sein, die die schönen Seiten des Lebens genießt.«

»Bekommt sie Besuch?«

»Nicht von Gigolos, falls Sie das meinen. Hin und wieder kommt ein Mann, der ihre Geschäfte regelt. Auch ein paar Freundinnen, manchmal Paare. Aber sie ist eher eine Frau, die ausgeht, als eine, die Besuch empfängt. Sie bleibt bis mittags im Bett. Am Nachmittag geht sie manchmal in die Stadt, immer sehr gut, aber ziemlich unauffällig gekleidet. Wenn sie dann wiederkommt, zieht sie ihr Abendkleid an. Meistens mache ich ihr erst spät nach Mitternacht auf. Georgette, ihr Hausmädchen, erzählt übrigens die merkwürdigsten Dinge. Sie gibt viel Geld aus. Allein ihre Pelze kosten ein Vermögen. Sie trägt immer einen riesigen Diamanten am Finger. Trotzdem behauptet Georgette, sie sei geizig und verbringe die meiste Zeit damit, das Haushaltsbuch durchzugehen.«

»Wann ist sie abgereist?«

»Gegen halb zwölf. Das war es, was Georgette so überrascht hat. Um diese Zeit liegt ihre Herrin sonst immer noch im Bett. Sie schlief noch, als sie angerufen wurde. Gleich danach hat sie sich einen Zugfahrplan bringen lassen.«

»Hat kurz darauf der junge Mann versucht, ins Haus zu kommen?«

»Ja, kurz danach. Sie hat erst gar nicht gefrühstückt, sondern sofort gepackt.«

»Viel Gepäck?«

»Nur Handgepäck. Keinen großen Koffer. Sie ist viel gereist.«

»Woher wissen Sie das?«

»Weil an ihren Koffern lauter Aufkleber von Luxushotels in Deauville, Nizza, Neapel, Rom und anderen Städten im Ausland sind.«

»Hat sie nicht gesagt, wann sie wiederkommt?«

»Zu mir nicht. Aber Georgette weiß es auch nicht.«

»Hat sie Sie nicht gebeten, ihr die Post nachzuschicken?«

»Nein. Sie hat nur die Gare du Nord angerufen und einen Platz im Schnellzug nach Calais reserviert.«

Maigret war überrascht, mit welcher Hartnäckigkeit die Worte »Gare du Nord« seit Beginn des Falls immer wieder auftauchten. In der Gepäckaufbewahrung der Gare du Nord hatte François Lagrange den Koffer mit der Leiche des Abgeordneten deponiert. In der Umgebung der Gare du Nord hatte sein Sohn den Industriellen aus Clermont-Ferrand überfallen.

Derselbe Alain hatte sich ins Treppenhaus eines Gebäudes am Boulevard Richard-Wallace geschlichen. Kurz darauf fuhr eine Mieterin dieses Hauses von der Gare du Nord ab. Zufall?

»Wissen Sie, falls Sie Georgette befragen möchten, wäre sie entzückt. Sie hat so große Angst vorm Alleinsein, dass es sie freuen würde, etwas Gesellschaft zu haben.«

Die Concierge fügte hinzu:

»Besonders von jemandem wie Ihnen!«

Zunächst wollte Maigret die Mieterliste fertig durchsehen und zeigte geduldig auf einen nach dem anderen. Im vierten Stock wohnte ein Filmproduzent, ein richtiger, dessen Name überall an den Pariser Hausmauern zu sehen war. Genau über ihm war ein bekannter Regisseur. Im siebten Stock lebte, welch Zufall, ein Drehbuchautor, der jeden Morgen auf dem Balkon seine Gymnastikübungen machte.

»Soll ich Georgette Bescheid sagen?«

»Vorher würde ich gern telefonieren.«

Er rief die Gare du Nord an.

»Hier Maigret von der Kriminalpolizei. Sagen Sie, fährt gegen Mitternacht ein Zug nach Calais?«

Um halb zwölf war der Industrielle in der Rue de Maubeuge überfallen worden.

»Um zwölf Uhr dreizehn.«

»Ein Schnellzug?«

»Ja, er hat um halb sechs Anschluss an die Fähre nach Dover und hält unterwegs nicht an.«

»Erinnern Sie sich, ob man gestern Abend einem allein reisenden jungen Mann eine Fahrkarte verkauft hat?«

»Die Beamten, die Schalterdienst hatten, sind schon nach Hause gegangen.«

»Ich danke Ihnen.«

Er rief die Hafenpolizei in Calais an und gab die Personenbeschreibung von Alain Lagrange durch.

»Er ist bewaffnet!«, fügte er für alle Fälle hinzu.

Nachdem er seine Tasse Kaffee geleert hatte, sagte er, wenig überzeugt:

»Ich gehe jetzt zu Georgette hinauf. Sagen Sie ihr Bescheid.«

Worauf die Concierge mit einem verschmitzten Lächeln antwortete:

»Nehmen Sie sich in Acht. Sie ist eine hübsche junge Frau.«

Und sie fügte hinzu:

»Und eine, die gut aussehende Männer mag!«

5

Wo ein Hausmädchen sich selbstzufrieden gibt, Maigret um sechs Uhr morgens mit sich jedoch weniger zufrieden ist

Sie hatte eine rosige Haut und große Brüste. Ihr Schlafanzug aus bonbonrosa Krepp war vom vielen Waschen schon so durchsichtig, dass man ihre Umrisse darunter sehen konnte. Man hätte meinen können, ihr überall zu runder Körper sei noch nicht ganz vollendet. Mit ihrem für Paris zu frischen Teint erinnerte sie an ein Küken, das seinen Flaum noch nicht verloren hat. Als sie ihm die Tür öffnete, nahm er den Geruch von warmem Bett, von Achselhöhlen wahr.

Er hatte die Concierge gebeten, sie anzurufen, um sie zu wecken und ihr zu sagen, dass er hinaufkomme. Anscheinend war sie nicht zu ihr durchgekommen, denn als er im dritten Stock ankam, klingelte in der Wohnung immer noch das Telefon.

Er wartete. Der Apparat stand zu weit vom Treppenabsatz entfernt, als dass er ihre Stimme gehört hätte. Dann vernahm er Schritte auf dem

Teppichboden. Sie öffnete ihm, ganz und gar nicht verlegen, und hatte sich nicht einmal die Mühe gemacht, einen Morgenmantel überzustreifen. Vielleicht besaß sie keinen? Wenn sie morgens aufstand, machte sie sich gleich an die Arbeit, und wenn sie sich abends ausgezogen hatte, legte sie sich schlafen. Sie war blond, das Haar ganz zerzaust. An ihrem Mund hafteten noch Spuren von Lippenstift.

»Setzen Sie sich dorthin.«

Sie waren durch die Diele gegangen. Im Wohnzimmer hatte sie nur eine große Stehlampe angeknipst. Sie selbst nahm auf einem breiten hellgrünen Sofa Platz, auf dem sie sich halb ausstreckte. Die Gardinen bauschten sich im Luftzug, der durch die hohen Fenstertüren wehte. Sie musterte Maigret mit dem Ernst kleiner Kinder, die einen Erwachsenen ansehen, von dem sie schon viel gehört haben.

»Ich habe Sie mir ganz anders vorgestellt«, gestand sie schließlich.

»Wie denn?«

»Ich weiß nicht. Sie sehen besser aus.«

»Die Concierge hat mir versichert, Sie hätten nichts dagegen, wenn ich heraufkäme, um Ihnen ein paar Fragen zu stellen.«

»Über Madame?«

»Ja.«

Das überraschte sie nicht. Nichts schien sie zu überraschen.

»Wie alt sind Sie?«

»Zweiundzwanzig, davon bin ich sechs in Paris. Also fangen Sie an.«

Er zeigte ihr zunächst das Foto von Alain Lagrange.

»Kennen Sie den?«

»Noch nie gesehen.«

»Sind Sie sicher, dass er Madame Debul nie besucht hat?«

»Jedenfalls nicht, seit ich hier bin. Aus jungen Leuten macht sie sich nichts, auch wenn man das Gegenteil denken könnte.«

»Weshalb könnte man das denken?«

»Wegen Ihres Alters.«

»Arbeiten Sie schon lange für sie?«

»Seit sie hier wohnt. Das sind jetzt fast zwei Jahre.«

»Haben Sie noch nicht für sie gearbeitet, als sie in der Rue Notre-Dame-de-Lorette gewohnt hat?«

»Nein. Ich habe mich an dem Tag vorgestellt, als sie umgezogen ist.«

»Hatte sie da noch ihr früheres Hausmädchen?«

»Ich habe sie nicht mehr kennengelernt. Sie begann sozusagen ganz von vorn. Die Möbel, die Gegenstände, alles war neu.«

Für sie schien das einen tieferen Sinn zu haben. Maigret glaubte ihre Hintergedanken zu erraten.

»Mögen Sie sie nicht?«

»Das ist nicht die Art Frau, die man mögen kann. Übrigens ist ihr das auch egal.«

»Was wollen Sie damit sagen?«

»Dass sie sich selbst genug ist. Sie gibt sich nicht die Mühe, freundlich zu sein. Wenn sie mit jemandem spricht, dann tut sie das nicht dem anderen zuliebe, sondern weil sie gerade Lust dazu hat.«

»Wissen Sie, wer sie angerufen hat, als sie sich plötzlich entschlossen hat, nach London zu fahren?«

»Nein. Sie ist selbst drangegangen und hat keinen Namen genannt.«

»Wirkte sie überrascht, verärgert?«

»Wenn Sie sie kennen würden, wüssten Sie, dass sie nie ihre Gefühle zeigt.«

»Wissen Sie gar nichts über ihre Vergangenheit?«

»Nur, dass sie in der Rue Notre-Dame-de-Lorette gewohnt hat, dass sie mit mir immer ganz ungeniert umgeht und jede Abrechnung haargenau überprüft.«

Schon vom Zuhören wurde einem vieles klar. Maigret hatte wieder das Gefühl, sie zu verstehen.

»Kurz gesagt, Sie finden nicht, dass sie eine echte Frau von Welt ist?«

»Bestimmt nicht. Ich habe bei einer echten Frau

von Welt gearbeitet und kenne den Unterschied. Ich habe auch im Viertel um die Place Saint-Georges bei einer Frau gearbeitet, die sich aushalten ließ.«

»Lässt Jeanne Debul sich aushalten?«

»Vielleicht früher einmal, aber jetzt nicht mehr. Sie ist bestimmt reich.«

»Kamen Männer zu ihr?«

»Jeden zweiten Tag kam ihr Masseur. Mit ihm sprach sie ebenfalls ganz ungezwungen und nannte ihn Ernest.«

»Ist etwas zwischen ihnen?«

»So was interessiert sie nicht.«

Ihre Pyjamajacke war eine von denen, die man über den Kopf zieht, und außerdem sehr kurz, sodass über dem Hosenbund ein Streifen Haut zu sehen war, als sich Georgette in die Kissen zurücklehnte.

»Stört es Sie, wenn ich rauche?«

»Tut mir leid«, sagte er, »aber ich habe leider keine Zigaretten dabei.«

»Auf dem kleinen Tisch dort liegen welche …«

Sie fand es ganz selbstverständlich, dass er sich erhob und ihr eine Packung ägyptischer Zigaretten reichte, die Jeanne Debul gehörten. Während er ihr das Streichholz hinhielt, zog sie unbeholfen an der Zigarette und blies den Rauch wie eine Anfängerin aus.

Sie war zufrieden mit sich, darüber, dass ein so bedeutender Mann wie Maigret sie geweckt hatte und ihr nun aufmerksam zuhörte.

»Sie hat viele Freundinnen und Freunde, aber sie kommen selten her. Sie telefoniert mit ihnen und nennt sie meistens beim Vornamen. Abends trifft sie sich mit ihnen auf einen Cocktail oder in Restaurants und Nachtlokalen. Ich habe mich oft gefragt, ob sie nicht früher ein gewisses Haus geführt hat. Sie verstehen, was ich meine?«

»Und die Leute, die herkommen?«

»Vor allem ein Mann, der ihre Geschäfte regelt. Sie empfängt ihn in ihrem Büro. Er ist ein Anwalt, Maître Gibon, der nicht hier im Viertel, sondern im neunten Arrondissement wohnt. Sie kennt ihn noch von früher, als sie im selben Viertel gelebt hat. Es gibt auch einen etwas jüngeren Mann, der bei der Bank arbeitet und mit dem sie über ihre Geldanlagen spricht. Mit ihm telefoniert sie, wenn sie Börsenaufträge zu vergeben hat.«

»Haben Sie hier nie einen gewissen François Lagrange gesehen?«

»Den Pantoffel?«

Sie verbesserte sich lachend: »Nicht ich nenne ihn so, sondern Madame. Wenn ich ihr melde, dass er da ist, murmelt sie: ›Wieder der alte Pantoffel!‹

Das hat schon was zu bedeuten, finden Sie nicht? Wenn er sich vorstellt, sagt er immer:

›Fragen Sie Madame Debul, ob sie Baron Lagrange empfangen kann.‹«

»Empfängt sie ihn?«

»Fast immer.«

»Heißt das, er kommt häufig?«

»Sagen wir, einmal die Woche. Es gibt auch Wochen, in denen er nicht kommt, dann wieder welche, in denen er zweimal kommt. Letzte Woche war er sogar zweimal an einem Tag hier.«

»Um wie viel Uhr?«

»Immer vormittags, gegen elf. Außer Ernest, dem Masseur, ist er der Einzige, den sie im Bett empfängt.«

Und als er aufhorchte:

»Nicht das, was Sie denken. Selbst für den Anwalt zieht sie sich an. Ich muss sagen, sie kleidet sich gut und sehr unauffällig. Das ist mir sofort aufgefallen: Ihre Art, wenn sie im Bett, in ihrem Schlafzimmer ist, und ihre Art, wenn sie angezogen ist. Das sind zwei ganz verschiedene Personen. Sie spricht nicht einmal auf dieselbe Weise. Man könnte sagen, dass sich sogar ihre Stimme verändert.«

»Ist sie im Bett gewöhnlicher?«

»Ja. Nicht nur das. Ich weiß nicht, wie ich es ausdrücken soll.«

»Ist François Lagrange der Einzige, den sie so empfängt?«

»Ja. Ganz gleich, in welcher Aufmachung sie gerade ist, ruft sie ihm zu:

›Komm nur rein.‹

Als wären sie alte Freunde …«

»Oder alte Komplizen?«

»Wenn Sie so wollen. Solange ich im Zimmer bin, sprechen sie über nichts Wichtiges. Er setzt sich schüchtern auf den Rand des Sessels, als hätte er Angst, den Satinbezug zu zerknittern.«

»Hat er Papiere, eine Aktentasche bei sich?«

»Nein. Er ist ein gut aussehender Mann. Nicht mein Typ, aber ich finde ihn sehr stattlich.«

»Haben Sie nie ihre Unterhaltung mitangehört?«

»Das ist bei ihr gar nicht möglich. Sie merkt alles. Sie hat gute Ohren. In diesem Haus ist sie es, die an den Türen lauscht. Wenn ich mal telefoniere, kann ich sicher sein, dass sie irgendwo steht und zuhört. Wenn ich einen Brief zur Post bringe, sagt sie zu mir:

›Wem schreibst du schon wieder?‹

Ich weiß genau, dass sie auf die Adresse stiert. Kennen Sie diesen Schlag Mensch?«

»Allerdings.«

»Übrigens, da ist etwas, was Sie noch nicht gesehen haben und was Sie vielleicht umhauen wird.«

Sie sprang auf und warf den Zigarettenstummel in den Aschenbecher.

»Kommen Sie mit. Das Wohnzimmer kennen Sie schon. Es ist so eingerichtet wie alle anderen im Gebäude. Einer der besten Innenarchitekten von Paris hat das gemacht. Und hier das Esszimmer, ebenfalls im modernen Stil. Warten Sie, ich mache Licht.«

Sie stieß eine Tür auf, betätigte einen Lichtschalter und trat zur Seite, um Maigret den Blick auf ein ganz in weißem Satin gehaltenes Schlafzimmer freizugeben.

»Jetzt zeige ich Ihnen, wie sie sich abends kleidet.«

In einem angrenzenden Raum öffnete sie Schränke und fuhr mit den Händen über die Seide der ordentlich aufgehängten Kleider.

»Gut. Und jetzt, kommen Sie!«

Als sie vor ihm durch den Flur ging, hatte sich der Krepp ihres Pyjamas zwischen ihre Gesäßbacken geklemmt. Sie öffnete eine andere Tür und drehte wieder an einem Lichtschalter.

»Hier!«

Es war ein kleines Büro hinten in der Wohnung, das das Büro eines Geschäftsmannes hätte sein können. Keine weibliche Note war hier zu spüren. Es gab einen grün lackierten Aktenschrank aus Metall und hinter dem Drehstuhl einen riesigen Safe neuerer Bauart.

»Hier verbringt sie einen Teil ihrer Nachmittage

und empfängt den Anwalt und den Mann von der Bank. Sehen Sie ...«

Sie deutete auf einen Stapel Zeitungen: *Le Courrier de la Bourse*. Daneben sah Maigret eine Rennsportzeitung.

»Trägt sie eine Brille?«

»Nur in diesem Zimmer.«

Auf der mit Lederecken versehenen Schreibtischunterlage lag eine Hornbrille mit großen runden Gläsern.

Mechanisch versuchte er den Aktenschrank zu öffnen, aber er war verschlossen.

»Wenn sie nachts heimkommt, schließt sie immer ihren Schmuck im Safe ein.«

»Was ist sonst noch drin? Haben Sie schon mal reingesehen?«

»Vor allem Aktien. Papiere. Dann ein kleines rotes Notizbuch, in dem sie oft etwas nachsieht.«

Auf dem Schreibtisch lag eines dieser Verzeichnisse, in die man häufig verwendete Telefonnummern notiert. Maigret griff danach und begann die Seiten durchzublättern. Halblaut las er die Namen vor. Georgette erklärte:

»Der Milchhändler. Der Metzger. Das Haushaltswarengeschäft in der Avenue de Neuilly. Der Schuhmacher von Madame.«

Wenn anstelle eines Namens nur ein Vorname dastand, lächelte sie selbstzufrieden.

»Olga ... Nadine ... Marcelle ...«

»Was habe ich Ihnen gesagt?«

Es standen auch männliche Vornamen darin, jedoch weniger. Außerdem Namen, die das Hausmädchen nicht kannte. In der Rubrik »Banken« waren nicht weniger als fünf Einträge, darunter eine amerikanische Bank an der Place Vendôme.

Vergeblich suchte er den Namen Delteil. Irgendwo standen ein André und ein Pierre. Ob damit der Abgeordnete und sein Bruder gemeint waren?

»Waren Sie darauf gefasst, so was hier vorzufinden, nachdem Sie die übrige Wohnung und ihre Garderobe gesehen haben?«

Um ihr eine Freude zu machen, sagte er Nein.

»Möchten Sie etwas trinken?«

»Die Concierge war so freundlich, mir einen Kaffee zu machen.«

»Hätten Sie gern einen Schnaps?«

Sie führte ihn ins Wohnzimmer zurück und knipste hinter sich das Licht aus. Da er es abgelehnt hatte, etwas zu trinken, setzte sie sich wieder aufs Sofa, als erwartete sie, dass das Gespräch noch lange dauern würde.

»Trinkt Madame?«

»Wie ein Mann.«

»Soll das heißen, viel?«

»Betrunken hab ich sie nie gesehen, außer ein-

oder zweimal, als sie frühmorgens nach Hause kam. Aber nach ihrem Milchkaffee macht sie sich immer einen Whiskey und trinkt im Lauf des Nachmittags noch drei bis vier weitere. Darum sage ich, sie trinkt wie ein Mann. Sie kippt den Whiskey fast pur herunter.«

»Hat sie Ihnen nicht gesagt, in welchem Hotel in London sie absteigt?«

»Nein.«

»Auch nicht, wie lange sie zu bleiben gedenkt?«

»Sie hat mir überhaupt nichts gesagt. Zum Packen und Anziehen hat sie nicht mal eine halbe Stunde gebraucht.«

»Was hatte sie an, als sie ging?«

»Ihr graues Kostüm.«

»Hat sie Abendkleider mitgenommen?«

»Zwei.«

»Ich glaube, ich habe keine Fragen mehr an Sie und werde Sie jetzt schlafen lassen.«

»Schon? Haben Sie's eilig?«

Absichtlich entblößte sie noch etwas mehr Haut zwischen den beiden Pyjamateilen und schlug geziert die Beine übereinander.

»Müssen Sie Ihre Ermittlungen oft nachts machen?«

»Manchmal.«

»Wollen Sie wirklich nichts trinken?«

Sie seufzte.

»Jetzt, wo ich wach bin, kann ich bestimmt nicht mehr einschlafen. Wie spät ist es?«

»Gleich drei.«

»Um vier fängt es an zu dämmern und die Vögel beginnen zu singen.«

Er stand auf, unangenehm berührt, weil er sie enttäuschen musste. Vielleicht hoffte sie immer noch, dass er nicht ginge, sondern ihr näherkommen wollte. Erst als sie sah, dass er sich zur Tür wandte, erhob sie sich ebenfalls.

»Kommen Sie noch mal wieder?«

»Möglich.«

»Sie stören mich nie. Sie brauchen nur zweimal kurz und einmal lang zu klingeln. Dann weiß ich, dass Sie's sind, und mache Ihnen auf. Wenn ich allein bin, öffne ich nicht immer die Tür.«

»Danke, Mademoiselle.«

Er nahm wieder den Bettgeruch wahr. Eine ihrer großen Brüste streifte spürbar seinen Ärmel.

»Viel Glück«, rief sie ihm leise nach, als er schon auf der Treppe war.

Sie beugte sich übers Geländer, um ihm nachzusehen.

Am Quai des Orfèvres fand er Janvier vor, der auf ihn wartete, nachdem er mehrere Stunden in der Wohnung in der Rue Popincourt verbracht hatte. Er wirkte erschöpft.

»Wie geht's, Chef? Hat er gestanden?«

Maigret schüttelte den Kopf.

»Ich habe Houard für alle Fälle dort gelassen. Wir haben in der Wohnung alles auf den Kopf gestellt, aber es ist nicht viel dabei herausgekommen. Ich wollte Ihnen nur das hier zeigen.«

Maigret schenkte sich erst einmal ein Glas Cognac ein und reichte die Flasche dann Janvier.

»Hier, sehen Sie mal, das ist doch recht merkwürdig.«

In einem Pappumschlag, der aus einem Schulheft gerissen war, lagen Zeitungsausschnitte, teilweise mit Fotos illustriert.

Stirnrunzelnd las Maigret die Überschriften und überflog die Texte, während Janvier ihn belustigt betrachtete.

In ausnahmslos allen Artikeln war vom Kommissar die Rede. Einige waren schon sieben Jahre alt. Es handelte sich um Berichte über Ermittlungen, die tagesaktuell erschienen waren, oft mit einer Zusammenfassung der Gerichtsverhandlung.

»Fällt Ihnen nichts auf, Chef? Während ich auf Sie gewartet habe, hab ich mir die Mühe gemacht, sie von vorne bis hinten durchzulesen.«

Maigret fiel etwas auf, worüber er jedoch lieber nicht sprechen wollte.

»Es sieht so aus, als hätte er sich die Fälle ausgesucht, in denen es mehr oder weniger so aussieht, als nähmen Sie den Täter in Schutz.«

Einer der Artikel trug sogar die Überschrift: *Der Kommissar ist ein guter Mensch.*

Ein anderer handelte von einer Vernehmung Maigrets vor dem Schwurgericht, in der all seine Antworten seine Sympathie für den jungen Mann auf der Anklagebank verrieten.

Noch deutlicher war ein Bericht, der ein Jahr zuvor in einer Zeitschrift erschienen war und in dem es nicht um einen besonderen Fall, sondern um Schuld im Allgemeinen ging. Der Titel lautete: *Maigrets Menschlichkeit.*

»Was halten Sie davon? Diese Sammlung beweist doch, dass der Mann Sie schon seit Langem beobachtet, sich für Ihr Tun und Lassen und Ihren Charakter interessiert.«

Manche Worte waren blau unterstrichen, darunter *Nachsicht* und *Verständnis.*

Ein Absatz war sogar ganz umrahmt. Darin schilderte ein Journalist den letzten Morgen eines zum Tode Verurteilten und berichtete, der Mann habe zwar geistlichen Beistand abgelehnt, aber um ein letztes Gespräch mit Kommissar Maigret gebeten.

»Finden Sie das nicht lustig?«

Er war eher ernster, nachdenklicher geworden, so als rückte diese Entdeckung den Fall in ein anderes Licht.

»Sonst hast du nichts gefunden?«

»Rechnungen, unbezahlte natürlich. Der Baron hat überall Schulden. Der Kohlenhändler wartet immer noch auf die Bezahlung der Lieferung vom letzten Winter. Hier ein Foto von seiner Frau mit dem ersten Kind.«

Es war ein schlechter Abzug. Das Kleid war altmodisch, die Frisur auch. Die junge Frau, die darauf posierte, hatte ein melancholisches Lächeln. Vielleicht entsprach das der damaligen Vorstellung von Vornehmheit. Dennoch kam es Maigret so vor, als müsste jeder auf den ersten Blick erkennen, dass dieser Frau kein glückliches Schicksal beschieden war.

»In einem der Schränke habe ich eines ihrer Kleider entdeckt, ein hellblaues Satinkleid, und auch einen Karton voller Babysachen.«

Janvier hatte drei Kinder, von denen das jüngste knapp ein Jahr alt war.

»Meine Frau hebt nur ihre ersten Schuhe auf.«

Maigret griff zum Telefon.

»Die Psychiatrische«, sagte er halblaut. »Hallo! Wer ist dran?«

Es war die rothaarige Schwester, die er kannte.

»Maigret hier. Wie geht's Lagrange? ... Was sagen Sie? ... Ich versteh Sie nicht gut.«

Sie sagte, der Kranke habe eine Spritze bekommen und sei eingeschlafen, gleich nachdem der Professor gegangen war. Eine halbe Stunde später habe sie ein leises Geräusch gehört und sei auf Zehenspitzen hineingeschlichen, um nach ihm zu sehen.

»Er hat geweint.«

»Hat er etwas zu Ihnen gesagt?«

»Er hat mich gehört, da hab ich Licht gemacht. Auf seinen Wangen glänzten noch Tränen. Er hat mich eine ganze Weile lang stumm angesehen. Ich hatte den Eindruck, als wäre er drauf und dran, mir etwas anzuvertrauen.«

»Hatten Sie den Eindruck, dass er bei klarem Verstand war?«

Auch sie zögerte.

»Es ist nicht an mir, das zu beurteilen«, sagte sie ausweichend.

»Und dann?«

»Er hat eine Bewegung gemacht, als wollte er nach meiner Hand greifen.«

»Hat er sie ergriffen?«

»Nein. Er hat gewimmert und immer wieder dieselben Worte gesagt:

›Sie erlauben Ihnen nicht, dass Sie mich schlagen, nicht wahr? ... Ich will nicht, dass man mich schlägt ...‹«

»Ist das alles?«

»Am Ende ist er ganz unruhig geworden. Ich dachte schon, er würde aus dem Bett springen, da hat er laut geschrien:

›Ich will nicht sterben! Ich will nicht! Man darf mich nicht sterben lassen.‹«

Maigret legte auf und wandte sich Janvier zu, der vor ihm stand und gegen die Müdigkeit ankämpfte.

»Du kannst jetzt schlafen gehen.«

»Und Sie?«

»Ich muss bis halb sechs warten. Ich will wissen, ob der junge Mann wirklich den Zug nach Calais genommen hat.«

»Weshalb hätte er ihn nehmen sollen?«

»Um jemanden in England zu treffen.«

Am Mittwochvormittag hatte Alain ihm seinen Revolver gestohlen und sich Patronen besorgt. Am Donnerstag ging er zum Boulevard Richard-Wallace. Eine halbe Stunde später erhielt Jeanne Debul, die seinen Vater kannte, einen Anruf und fuhr überstürzt zur Gare du Nord.

Was tat der junge Mann den Nachmittag über? Warum reiste er nicht gleich ab? Lag nicht die Vermutung nahe, dass ihm das Geld dafür fehlte? Um es auf dem für ihn einzig möglichen Weg aufzutreiben, musste er bis zum Einbruch der Dunkelheit warten. Wie zufällig überfiel er den Industriellen aus Clermont-Ferrand unweit der Gare du Nord, kurz vor der Abfahrt des Zugs nach Calais.

»Übrigens habe ich vergessen, Ihnen zu sagen, dass jemand wegen der Brieftasche angerufen hat. Man hat sie auf der Straße gefunden.«

»Auf welcher Straße?«

»Rue de Dunkerque.«

Immer noch in der Nähe des Bahnhofs.

»Natürlich ohne Geld.«

»Bevor du gehst, ruf doch mal bei der Passstelle an. Frag, ob sie je einen Pass auf den Namen Alain Lagrange ausgestellt haben.«

Währenddessen stellte sich Maigret ans Fenster. Es war noch nicht Tag, sondern die graue, kalte Stunde vor Sonnenaufgang. In einer Art graugrünem Nebel floss die Seine, fast schwarz, dahin. Ein Schiffer schrubbte mit viel Wasser das Deck seines Bootes, das am Quai vertäut war. Ein Schlepper fuhr geräuschlos flussabwärts, um irgendwo eine Reihe von Lastkähnen abzuholen.

»Er hat vor elf Monaten einen Pass beantragt, Chef. Er wollte nach Österreich.«

»Dann ist sein Pass noch gültig. Für England braucht er kein Visum. Hast du den Pass nicht bei seinen Sachen gefunden?«

»Nichts.«

»Wechselkleidung?«

»Anscheinend besitzt er nur einen anständigen Anzug, und den hat er an. In seinem Schrank hängt noch einer, aber der ist völlig zerschlissen. Alle Strümpfe, die wir gefunden haben, haben Löcher.«

»Geh jetzt schlafen!«

»Sind Sie sicher, dass Sie mich nicht mehr brauchen?«

»Bestimmt nicht. Außerdem sind noch zwei Inspektoren im Büro.«

Maigret merkte gar nicht, wie er in seinem Sessel einnickte. Als er plötzlich die Augen aufriss, weil der Schlepper von vorhin mit sieben Lastkähnen flussaufwärts fuhr und vor der Durchfahrt unter der Brücke tutete, war der Himmel schon ganz rosa, und an manchen Dachfirsten blitzten leuchtende Lichtflecke auf. Er sah auf seine Uhr und griff zum Hörer.

»Die Hafenpolizei in Calais!«

Es dauerte seine Zeit. Die Hafenpolizei antwortete nicht. Endlich meldete sich ein Inspektor, der ganz außer Atem war.

»Hier Maigret von der Pariser Kriminalpolizei.«

»Ich bin schon im Bilde.«

»Und?«

»Wir sind gerade mit der Passkontrolle fertig. Das Schiff liegt noch am Quai. Meine Kollegen sind noch dort.«

Maigret hörte das Signal der Fähre, die gleich ablegen würde.

»Der junge Lagrange?«

»Wir haben ihn nicht gefunden. Auch niemanden, der ihm ähnelt. Da es nur wenige Passagiere waren, war die Kontrolle einfach.«

»Haben Sie noch die Liste der Passagiere, die gestern an Bord gegangen sind?«

»Ich hole sie aus dem Büro nebenan. Warten Sie so lange?«

Als er wieder am Telefon war, erklärte er:

»Auf der Liste von gestern steht auch kein Lagrange.«

»Es geht nicht um Lagrange. Suchen Sie nach einer Jeanne Debul.«

»Debul … Debul … D … D … Also … Daumas … Dazergues … Debul, Jeanne Louise, Clémentine, neunundvierzig Jahre, wohnhaft in Neuilly-sur-Seine, Boulevard …«

»Ich weiß. Welche Adresse hat sie am Reiseziel angegeben?«

»London, Hotel Savoy.«

»Ich danke Ihnen. Sind Sie sicher, dass Lagrange …«

»Sie können sich darauf verlassen, Herr Kommissar.«

Maigret war heiß, vielleicht weil er nicht geschlafen hatte. Er war schlecht gelaunt und griff zur Cognacflasche, als wollte er sich für irgendetwas entschädigen. Dann nahm er unvermittelt den Hörer wieder ab und brummte:

»Le Bourget.«

»Wie bitte?«

»Ich möchte mit Le Bourget verbunden werden.«

Seine Stimme klang barsch. Der Telefonist schnitt eine Grimasse und beeilte sich, die Verbindung zum Flughafen herzustellen.

»Hier Maigret von der Kriminalpolizei.«

»Inspektor Mathieu.«

»Geht nachts eine Maschine nach London?«

»Eine um zehn Uhr abends und eine um null Uhr fünfundvierzig. Die erste Morgenmaschine ist vor wenigen Minuten gestartet. Ich höre sie noch aufsteigen.«

»Besorgen Sie sich die Passagierliste?«

»Von welchem Flugzeug?«

»Null Uhr fünfundvierzig.«

»Einen Augenblick.«

Es kam selten vor, dass Maigret so unfreundlich war.

»Sind Sie wieder da?«

»Ja.«

»Suchen Sie Lagrange.«

»Gut ... Lagrange, Alain, François, Marie ...«

»Danke.«

»Ist das alles?«

Maigret hatte schon wieder aufgelegt. Wegen dieser verfluchten Gare du Nord, die ihn völlig in ihren Bann geschlagen hatte, war ihm das Flugzeug nicht eingefallen, sodass Alain Lagrange mit seinem geladenen Revolver jetzt schon eine ganze Weile in London war.

Er tastete einen Moment über den Schreibtisch, bevor er wieder zum Telefon griff.

»Das Hotel Savoy in London.«

Er bekam es fast sofort.

»Hotel Savoy, *Réception.*«

Er war es leid, sich zu erklären, seinen Namen und Titel herunterzubeten.

»Können Sie mir sagen, ob gestern eine Jeanne Debul in Ihrem Hotel abgestiegen ist?«

Das ging schneller als bei der Polizei. Der Angestellte an der Rezeption hatte den Zimmerplan mit den Namen der Hotelgäste vor sich.

»Ja, Monsieur. Apartment 605. Wollen Sie sie sprechen?«

Er zögerte.

»Nein. Sehen Sie mal nach, ob heute Nacht ein Alain Lagrange bei Ihnen eingetroffen ist.«

Wieder kam fast unverzüglich die Antwort:

»Nein, Monsieur.«

»Sie lassen sich doch bei der Ankunft der Gäste die Pässe zeigen?«

»Natürlich. Wir halten uns an die Vorschriften.«

»Könnte Alain Lagrange nicht unter einem anderen Namen bei Ihnen sein?«

»Dann müsste er schon einen falschen Pass haben. Bedenken Sie, dass die Pässe jede Nacht von der Polizei geprüft werden.«

»Danke.«

Er musste noch einen Anruf tätigen, der ihm besonders widerstrebte, vor allem, weil er dafür auf sein schlechtes Schulenglisch zurückgreifen musste.

»Scotland Yard.«

Es wäre ein Wunder gewesen, wenn er Inspektor Pyke, der ihn in Frankreich besucht hatte, um diese Stunde in seinem Büro erwischt hätte. So musste er sich mit einem Unbekannten zufriedengeben, der nur langsam begriff, wer er war, und der mit näselnder Stimme sprach.

»Eine gewisse Jeanne Debul, neunundvierzig Jahre, ist im Hotel Savoy abgestiegen, Apartment 605. Ich möchte, dass Sie die Dame in den nächsten Stunden diskret überwachen lassen.«

Sein weit entfernter Gesprächspartner hatte die schlechte Angewohnheit, Maigrets letzte Worte zu wiederholen, aber mit dem richtigen Akzent, so als wollte er ihn verbessern.

»Es ist möglich, dass ein junger Mann versucht, zu ihr zu gehen oder ihr zu folgen. Ich gebe Ihnen seine Personenbeschreibung …«

Anschließend fügte er hinzu:

»Er ist bewaffnet, mit einem Smith & Wesson Special. Das gibt Ihnen die Möglichkeit, ihn zu verhaften. Sein Foto schicke ich Ihnen in wenigen Minuten per Funkbild.«

Aber der Engländer kapierte nicht, was er wollte,

weshalb Maigret ihm die Sache im Einzelnen erklären und alles drei- oder viermal wiederholen musste.

»Kurz und gut, was sollen wir eigentlich für Sie tun?«

Bei so viel Begriffsstutzigkeit bedauerte es Maigret, den Yard vorsichtshalber angerufen zu haben, und hätte am liebsten geantwortet: »Überhaupt nichts!«

Er war schweißgebadet.

»Ich komme, sobald ich kann«, sagte er schließlich.

»Sie meinen, Sie kommen zu Scotland Yard.«

»Ja, ich komme nach London.«

»Wann?«

»Das weiß ich noch nicht. Ich habe keinen Flugplan zur Hand.«

»Sie kommen mit dem Flugzeug?«

Rasend vor Wut legte er auf und verfluchte diesen Beamten, den er nicht kannte und der vielleicht ein sehr netter Mensch war. Was hätte denn Lucas geantwortet, wenn ihn ein Inspektor vom Yard morgens um sechs angerufen hätte, um ihm in schlechtem Französisch eine derartige Geschichte zu erzählen?

»Ich bin's schon wieder. Geben Sie mir noch mal Le Bourget.«

Ein Flugzeug startete um acht Uhr fünfzehn. So

hatte er noch Zeit für einen Abstecher zum Boulevard Richard-Lenoir, um sich umzuziehen, sich sogar zu rasieren und einen Happen zu frühstücken. Madame Maigret hütete sich, ihm Fragen zu stellen.

»Ich weiß nicht, wann ich wieder zurück bin«, brummte er in der vagen Absicht, sie zu verärgern, um an irgendwem seine schlechte Laune auszulassen. »Ich fliege nach London.«

»Ach!«

»Pack mir meinen kleinen Koffer mit Wäsche zum Wechseln und mit meiner Kosmetiktasche. Hinten in der Schublade müssten noch ein paar Pfund Sterling liegen.«

Als er gerade dabei war, seine Krawatte umzubinden, klingelte das Telefon.

»Maigret? Hier Rateau.«

Natürlich der Untersuchungsrichter, der die Nacht durchgeschlafen und sich beim Aufwachen vermutlich wahnsinnig über den Sonnenschein gefreut hatte. Jetzt ließ er sich seine Croissants schmecken und wollte nur kurz hören, ob es was Neues gab.

»Was sagen Sie?«

»Ich sage, ich habe keine Zeit. Ich fliege in fünfunddreißig Minuten nach London.«

»Nach London?«

»Genau.«

»Aber was haben Sie denn entdeckt, dass Sie …«

»Verzeihen Sie, dass ich auflege. Das Flugzeug wartet nicht.«

Er war in einer solchen Stimmung, dass er hinzufügte:

»Ich schick dir 'ne Karte!«

Aber da hatte er natürlich schon aufgelegt.

6

Wo Maigret das Opfer bringt, eine Nelke im Knopfloch zu tragen, jedoch ohne Erfolg

Als man sich der französischen Küste näherte, stiegen Wolken auf, aber die Maschine flog über sie hinweg. Kurz darauf hatte Maigret das Glück, durch ein großes Loch in der Wolkendecke das Meer zu sehen, das wie Fischschuppen glitzerte, und Fischerboote, die schäumendes Kielwasser hinter sich herzogen.

Sein Nachbar beugte sich freundlich zu ihm hinüber, um auf die auftauchenden Kreidefelsen zu deuten, und erklärte:

»Dover. *Douvres.*«

Er dankte ihm mit einem Lächeln. Bald war nur noch ein fast durchsichtiger Dampf zwischen Erde und Flugzeug. Nur hin und wieder kamen sie durch eine große, leuchtende Wolke, die sie fast sofort wieder hinter sich ließen, und weit unter ihnen dehnten sich mit winzigen Flecken gesprenkelte Weiden aus.

Schließlich begann die Landschaft zu wanken,

und man war in Croydon. Mister Pyke war ebenfalls eingetroffen. Denn Mister Pyke war gekommen, um seinen französischen Kollegen abzuholen. Nicht auf dem eigentlichen Flugplatz, den er vermutlich hätte betreten dürfen, auch nicht abseits der Menge, sondern mittendrin, ganz bescheiden, hinter den Absperrungen, die die Fluggäste von den wartenden Verwandten oder Freunden trennten.

Er machte keine großen Gesten, schwenkte kein Taschentuch. Als Maigret ihn seinerseits erblickte, nickte er ihm lediglich zu, wie er es wohl jeden Morgen im Büro tat, um seine Kollegen zu begrüßen.

Sie hatten sich jahrelang nicht gesehen. Zwölf oder dreizehn Jahre war es her, seit der Kommissar zuletzt englischen Boden betreten hatte.

Seinen Koffer in der Hand, stellte er sich in die Schlange und gelangte in ein Gebäude, wo er die Passkontrolle und den Zoll passieren musste. Mister Pyke wartete immer noch hinter einer Glasscheibe in seinem dunkelgrauen Anzug, der ein wenig zu eng aussah, mit seinem schwarzen Filzhut und einer Nelke im Knopfloch.

Er hätte ohne Weiteres hereinkommen und dem Beamten von der Passkontrolle sagen können: »Das ist Kommissar Maigret, der uns besucht …«

In Le Bourget hätte Maigret ihm diesen Dienst

jedenfalls erwiesen. Dennoch nahm er es ihm nicht übel, denn er begriff, dass er sich nur aus taktvoller Höflichkeit zurückhielt. Vielmehr schämte sich Maigret ein wenig für seine Wut, die er am Morgen auf den Beamten des Yard gespürt hatte. Denn dass Pyke hier war, bedeutete, dass der Mann seine Sache gar nicht so schlecht gemacht, dass er sogar Initiative gezeigt hatte. Es war erst halb elf. Um rechtzeitig in Croydon anzukommen, musste Pyke in London losgefahren sein, gleich nachdem er sein Büro betreten hatte.

Maigret kam aus dem Kontrollraum heraus. Er ergriff eine trockene, harte Hand:

»Wie geht es Ihnen?«

Pyke sprach Französisch, was ein Opfer für ihn war, denn er beherrschte es nicht gut und litt, wenn er Fehler machte:

»Ich hoffe, Sie werden ... *enjoy* ... Wie übersetzt man das? ... Ja, Sie werden diesen herrlichen Tag genießen.«

Übrigens war es das erste Mal, dass Maigret im Sommer in England war. Er fragte sich, ob er London eigentlich schon einmal bei richtigem Sonnenschein gesehen hatte.

»Ich dachte mir, Sie würden lieber im Auto als im Bus der Fluggesellschaft fahren.«

Er sagte kein Wort über Maigrets Ermittlungen, machte nicht einmal eine Anspielung darauf, und auch das war auf sein Taktgefühl zurückzuführen. Sie stiegen in einen Bentley des Yard, den ein Fahrer in Livree steuerte. Der Mann hielt sich strikt an die Geschwindigkeitsvorschriften und setzte sich über keine einzige Verkehrsregel hinweg.

»Hübsch, nicht wahr?«

Pyke deutete auf die Reihen kleiner rosafarbener Häuser, die im Nebel sicher trist gewirkt hätten, aber in der Sonne schön aussahen. Zwischen Zaun und Tür befand sich vor jedem ein Rasenviereck, das kaum größer war als eine Bettdecke. Man spürte, dass Pyke den Anblick der Londoner Vororte genoss, denn er selbst wohnte in einem von ihnen.

Auf rosa Häuser folgten gelbe, dann braune und wiederum rosafarbene. Es begann sehr heiß zu werden. In einigen Gärtchen war ein automatischer Rasensprenger in Betrieb.

»Beinahe hätte ich vergessen, Ihnen das zu geben.«

Er reichte Maigret ein Blatt Papier mit Notizen auf Französisch.

Alain Lagrange, neunzehn Jahre, Büroangestellter, um vier Uhr morgens ohne Gepäck im Hotel Gilmore gegenüber der Victoria Station abgestiegen.

Hat bis acht Uhr geschlafen und ist dann ausgegangen.

Hat sich zuerst ins Hotel Astoria begeben und dort nach Madame Jeanne Debul gefragt.

Hat darauf im Hotel Continental und im Hotel Claridge dieselbe Frage gestellt.

Scheint die Liste der Grandhotels alphabetisch durchzugehen.

Ist noch nie in London gewesen. Spricht kein Englisch.

Maigret begnügte sich zum Zeichen seines Dankes ebenfalls mit einem Nicken und schämte sich nun erst recht seiner bösen Gedanken über den Beamten, mit dem er am Morgen gesprochen hatte.

Nach langem Schweigen und weiteren gleich aussehenden Häuserzeilen ergriff Pyke das Wort.

»Ich habe mir erlaubt, ein Hotelzimmer für Sie buchen zu lassen, denn wir haben im Augenblick viele Touristen in der Stadt.«

Er gab seinem Kollegen eine kleine Karte, auf der der Name Savoy und die Nummer seines Apartments standen. Maigret wollte sie schon achtlos einstecken, da fiel sein Blick auf die Nummer: 604.

Also hatte man daran gedacht, ihn genau gegenüber von Jeanne Debul unterzubringen.

»Ist diese Person noch da?«, fragte er.

»Bei unserer Abfahrt in Croydon war sie's noch.

Als Ihr Flugzeug über dem Flugplatz kreiste, habe ich einen Anruf erhalten.«

Sonst nichts. Er war zufrieden, nicht so sehr, weil er Maigret die Kompetenz der englischen Polizei vor Augen führen, sondern weil er ihm England bei schönstem Sonnenschein präsentieren konnte.

Als sie in London eintrafen, wo die großen roten Busse fuhren und Frauen in hellen Kleidern auf den Gehwegen flanierten, konnte er nicht umhin, zu murmeln:

»Das ist schon was, nicht wahr?«

Und als sie sich dem Savoy näherten:

»Wenn Sie nicht zu beschäftigt sind, könnte ich Sie gegen eins zum Mittagessen abholen? Bis dahin bin ich in meinem Büro. Sie können mich dort anrufen.«

Das war alles. Er ließ ihn allein ins Hotel gehen, während der Fahrer in Livree den Koffer einem der Gepäckträger übergab.

Erkannte ihn der Angestellte an der Rezeption nach zwölf Jahren wieder? Kannte er ihn nur von Fotos? War es nur professionelle Schmeichelei? Oder lag es daran, dass der Yard sein Zimmer gebucht hatte? Ohne abzuwarten, dass er etwas sagte, reichte er ihm seinen Schlüssel.

»Hatten Sie eine gute Reise, Monsieur Maigret?«

»Ja, danke. Eine sehr gute.«

Die riesige Hotellobby, in der zu jeder Tages- und Nachtzeit Leute in tiefen Sesseln saßen, imponierte ihm immer noch ein wenig. Rechts befand sich ein Blumenstand. Jeder Herr hatte eine Blume im Knopfloch, und wahrscheinlich lag es an Pykes Stimmung, dass sich Maigret eine rote Nelke kaufte.

Er erinnerte sich, dass die Bar links lag. Da er Durst hatte, ging er zur Glastür, versuchte aber vergeblich, sie zu öffnen.

»Erst um halb zwölf, Sir!«

Sein Gesicht verdüsterte sich. So war das immer im Ausland. Manche Dinge begeisterten ihn, aber gleich darauf erlebte er etwas, das ihm gegen den Strich ging. Warum zum Teufel hatte er nicht das Recht, vor halb zwölf ein Glas zu trinken? Er hatte sich die Nacht um die Ohren geschlagen. Sein Kopf glühte. Von der Sonne war ihm leicht schwindlig. Vielleicht lag es auch am unruhigen Flug?

Als er zum Fahrstuhl ging, kam ein Unbekannter auf ihn zu.

»Die Dame hat sich eben ihr Frühstück hinaufbringen lassen. Mister Pyke hat mich gebeten, Sie auf dem Laufenden zu halten. Soll ich mich zu Ihrer Verfügung halten?«

Es war einer von Scotland Yard. Maigret fand ihn elegant. Er wirkte nicht fehl am Platz in diesem Luxushotel und trug ebenfalls eine Blume im Knopfloch. Seine war weiß.

»War der junge Mann noch nicht hier?«

»Bis jetzt nicht, Sir.«

»Würden Sie die Lobby überwachen und mir Bescheid sagen, sobald er kommt?«

»Bis er beim Buchstaben ›S‹ angelangt ist, wird es noch eine Weile dauern, Sir. Ich glaube, Inspektor Pyke hat einen meiner Kollegen am Hotel Lancaster postiert.«

Das Schlafzimmer war groß und grenzte an ein perlgraues Wohnzimmer an. Die Fenster boten Blick auf die Themse, wo gerade ein Schiff vorbeifuhr, das den kleinen Pariser Ausflugsbooten ähnelte. Auf den beiden Decks tummelten sich die Touristen.

Maigret war so heiß, dass er beschloss, duschen zu gehen und sich umzuziehen. Er hätte beinahe Paris angerufen, um zu erfahren, was der Baron machte, überlegte es sich aber anders, zog sich wieder an und öffnete die Tür seines Schlafzimmers einen Spaltbreit. 605 lag direkt gegenüber. Unter der Tür sah man die Sonne hindurchscheinen, was darauf hindeutete, dass die Vorhänge geöffnet waren. Als er gerade klopfen wollte, hörte er Wasser in die Badewanne laufen und ging deshalb im Flur auf und ab, während er seine Pfeife rauchte. Ein Zimmermädchen kam vorbei und musterte ihn verwundert. Sie schien im Personalraum von ihm zu berichten, denn kurz darauf kam ein Kellner im Frack, der ihn ebenfalls beobachtete. Maigret sah auf seine Uhr, stellte fest, dass es elf Uhr vierundzwanzig war, fuhr im Fahrstuhl hinunter und stand genau in dem Augenblick vor der Tür der Bar, als sie öffnete. Übrigens stürzten auch andere Herren hinein, die in den Sesseln der Lobby auf diesen Moment gewartet hatten.

»Scotch?«

»Meinetwegen.«

»Soda?«

Seine Miene schien zu verraten, dass dieses Gebräu nichts für ihn war, denn der Barkeeper schlug vor:

»Einen doppelten, Sir?«

Das klang schon besser. Er hätte nie gedacht, dass es in London so heiß sein konnte. Um ein paar Minuten frische Luft zu schnappen, ging er hinaus vor die große Drehtür, sah wieder auf seine Uhr und wandte sich erneut zum Fahrstuhl.

Als er an die Tür von 605 klopfte, rief eine Frauenstimme von drinnen:

»Herein!«

Da sie wohl vermutete, es sei der Zimmerkellner, der abräumen wollte, rief sie gleich darauf:

»*Come in!*«

Er drehte den Türgriff. Die Tür öffnete sich.

In dem sonnendurchfluteten Zimmer saß eine Frau im Bademantel vor einem Schminktisch. Sie sah ihn nicht gleich und kämmte sich weiter ihr braunes Haar, ein paar Haarnadeln zwischen die Zähne geklemmt. Dann bemerkte sie ihn plötzlich im Spiegel und zog die Augenbrauen hoch.

»Was wollen Sie?«

»Kommissar Maigret von der Kriminalpolizei.«

»Berechtigt Sie das, einfach so bei Leuten einzudringen?«

»Sie haben ›Herein‹ gerufen.«

Es war schwer, ihr Alter zu schätzen. Sie musste einmal sehr schön gewesen sein und hatte sich einen Teil ihrer Schönheit bewahrt. Abends bei Licht würde man sie wahrscheinlich für viel jünger halten, besonders wenn sie den Mund nicht zu dieser harten Linie verzog, wie sie es jetzt tat.

»Sie könnten erst einmal Ihre Pfeife aus dem Mund nehmen.«

Er tat es verlegen, denn an seine Pfeife hatte er nicht mehr gedacht.

»Wenn Sie mir etwas zu sagen haben, machen Sie schnell. Ich wüsste nicht, was die französische Polizei von mir wollen könnte. Besonders hier.«

Sie kehrte ihm immer noch den Rücken zu, was ihn störte. Sie schien das zu wissen, blieb vor ihrem Schminktisch sitzen und beobachtete ihn im Spiegel. Im Stehen kam er sich zu groß, zu massig vor. Das Bett war noch nicht gemacht. Auf dem Tisch stand ein Tablett mit den Frühstücksresten. Als einzige Sitzgelegenheit entdeckte er einen kleinen Sessel, in den er seine breiten Schenkel nicht hineinzwängen wollte.

Er sah sie ebenfalls im Spiegel an und sagte:

»Alain ist in London.«

Entweder war sie sehr stark, oder dieser Name sagte ihr nichts, denn sie zuckte nicht mal mit der Wimper.

Im gleichen Ton fuhr er fort:

»Er ist bewaffnet.«

»Um mir das zu sagen, haben Sie den Ärmelkanal überquert? Denn Sie kommen doch wohl aus Paris. Wie war der Name? Ich meine Ihren.«

Er war davon überzeugt, dass sie ihm etwas vorspielte, in der Hoffnung, ihn zu kränken.

»Kommissar Maigret.«

»Aus welchem Viertel?«

»Von der Kriminalpolizei.«

»Sie suchen einen jungen Mann, der mit Vornamen Alain heißt? Er ist nicht hier. Durchsuchen Sie das Apartment, wenn Sie das beruhigt.«

»Er sucht Sie.«

»Warum?«

»Das will ich ja gerade von Ihnen wissen.«

Daraufhin stand sie auf. Er merkte, dass sie fast genauso groß war wie er. Sie trug einen Morgenrock aus schwerer lachsfarbener Seide, der durchaus noch harmonische Formen erkennen ließ. Sie nahm eine Zigarette von einem Beistelltisch, zündete sie an und klingelte nach dem Kellner. Einen Augenblick dachte er, sie wollte ihn hinauswerfen lassen, aber als der Kellner erschien, sagte sie nur:

»Einen Scotch. Ohne Eis. Mit Mineralwasser.«

Nachdem sich die Tür wieder geschlossen hatte, wandte sie sich dem Kommissar zu.

»Weiter habe ich Ihnen nichts zu sagen. Tut mir leid.«

»Alain ist der Sohn von Baron Lagrange.«

»Das mag sein.«

»Lagrange ist einer Ihrer Freunde.«

Sie schüttelte den Kopf wie jemand, der Mitleid mit seinem Gesprächspartner hat:

»Hören Sie, Herr Kommissar, ich weiß nicht, was Sie hier wollen, aber Sie vergeuden Ihre Zeit. Wahrscheinlich handelt es sich um eine Verwechslung.«

»Sie heißen doch Jeanne Debul?«

»Ja, das ist mein Name. Wollen Sie meinen Pass sehen?«

Er winkte ab.

»Baron Lagrange besucht Sie regelmäßig in Ihrer Wohnung am Boulevard Richard-Wallace und hat es vermutlich auch schon früher in der Rue Notre-Dame-de-Lorette getan.«

»Ich sehe, Sie sind gut informiert. Aber sagen Sie, was hat meine Bekanntschaft mit Lagrange damit zu tun, dass Sie mich bis nach London verfolgen?«

»André Delteil ist tot.«

»Sie meinen den Abgeordneten?«

»Er war doch auch einer Ihrer Freunde?«

»Ich glaube nicht, dass ich ihm je begegnet bin. Ich habe nur von ihm reden hören wie alle, im Zusammenhang mit seinen Anfragen im Parlament. Wenn ich ihn einmal gesehen habe, dann in irgendeinem Restaurant oder Nachtlokal.«

»Er ist ermordet worden.«

»Bei seiner Auffassung von Politik hat er sich bestimmt so manchen Feind gemacht.«

»Der Mord wurde in der Wohnung von François Lagrange begangen.«

Es klopfte an der Tür. Es war der Kellner mit dem Whiskey. Sie trank ganz selbstverständlich einen großen Schluck, wie jemand, der es gewohnt ist, jeden Tag um dieselbe Zeit zu trinken. Das Glas in der Hand, setzte sie sich auf den Sessel, schlug die Beine übereinander und zog ihren Morgenrock zurecht.

»Ist das alles?«, fragte sie.

»Alain Lagrange, der Sohn, hat sich einen Revolver und Munition beschafft. Er war gestern bei Ihnen im Haus, kurz vor Ihrer überstürzten Abreise.«

»Sagen Sie das noch mal.«

»Vor Ihrer ü-ber-stürz-ten Abreise.«

»Weil Sie wahrscheinlich genau wissen, dass ich am Tag zuvor noch nicht vorhatte, nach London zu fahren?«

»Sie haben niemandem etwas davon gesagt.«

»Besprechen Sie alles, was Sie vorhaben, mit Ihrem Hausmädchen? Wahrscheinlich haben Sie Georgette befragt.«

»Das spielt keine Rolle. Alain war bei Ihnen im Haus.«

»Man hat mir nichts davon gesagt. Ich habe ihn auch nicht an der Tür klingeln hören.«

»Weil ihn die Concierge auf der Treppe abgefangen und er daraufhin kehrtgemacht hat.«

»Hat er der Concierge gesagt, er wolle zu mir?«

»Er hat nichts gesagt.«

»Ist das Ihr Ernst, Kommissar? Haben Sie wirklich die Reise auf sich genommen, um mir diesen Unsinn aufzutischen?«

»Der Baron hat Sie angerufen.«

»Was Sie nicht sagen!«

»Er hat Ihnen gesagt, was geschehen ist. Oder vielleicht wussten Sie bereits davon.«

Ihm war heiß. Sie bot ihm keinerlei Angriffsfläche, sondern saß immer noch vollkommen ruhig und gefasst in ihrem Morgengewand da. Hin und wieder nippte sie an ihrem Glas, ohne daran zu denken, ihm etwas anzubieten. Außerdem ließ sie ihn stehen, sodass er sich wie ein Tölpel fühlte.

»Lagrange wurde verhaftet.«

»Das ist seine und Ihre Angelegenheit, nicht wahr? Was sagt er dazu?«

»Er versucht, den Verrückten zu spielen.«

»Er ist immer ein bisschen verrückt gewesen.«

»Dennoch war er Ihr Freund?«

»Nein, Kommissar. Sie können sich Ihre scharfsinnigen Vermutungen sparen. Sie werden mich nicht zum Reden bringen, aus dem einfachen Grund, dass ich nichts zu sagen habe. Wenn Sie meinen Pass überprüfen, können Sie feststellen, dass ich öfter für ein paar Tage nach London fahre. Immer in diesem Hotel, wie man Ihnen bestätigen wird. Was den armen Lagrange betrifft, kenne ich ihn schon seit Jahren.«

»Unter welchen Umständen haben Sie ihn kennengelernt?«

»Das geht Sie nichts an, aber ich will es Ihnen trotzdem verraten: Es war unter den banalsten Umständen, unter denen sich ein Mann und eine Frau kennenlernen können.«

»War er Ihr Geliebter?«

»Sie haben ein vollendetes Feingefühl.«

»Ja oder nein?«

»Nehmen wir an, dass es so war, für einen Abend,

eine Woche oder sogar einen Monat. Das alles ist schon zwölf oder fünfzehn Jahre her.«

»Sind Sie gute Freunde geblieben?«

»Hätten wir uns streiten oder schlagen sollen?«

»Sie haben ihn vormittags in Ihrem Schlafzimmer empfangen, obwohl Sie noch im Bett lagen.«

»Jetzt ist ebenfalls Vormittag, mein Bett ist nicht gemacht, und Sie sind in meinem Schlafzimmer.«

»Hatten Sie geschäftlich mit ihm zu tun?«

Sie lächelte.

»Was für Geschäfte, mein Gott? Sie wissen wohl nicht, dass all die Geschäfte, von denen dieser Pantoffel spricht, nur in seiner Phantasie existieren? Haben Sie sich nicht die Mühe gemacht, sich über ihn zu erkundigen? Gehen Sie ins Fouquet's, ins Maxim's, in irgendeine Bar an den Champs-Élysées, und man wird Sie aufklären. Dafür hat es sich wirklich nicht gelohnt, mit dem Schiff oder Flugzeug zu kommen.«

»Haben Sie ihm Geld gegeben?«

»Ist das ein Verbrechen?«

»Viel?«

»Wissen Sie, ich zeige mich sehr geduldig. Ich hätte Sie schon vor einer Viertelstunde hinauswerfen lassen können, denn Sie haben kein Recht, hier zu sein und mich zu befragen. Dennoch will ich Ihnen ein für alle Mal sagen, dass Sie auf dem Holzweg sind. Ich kenne den Baron Lagrange von früher, als er noch gut aussah und einem etwas vormachen konnte. Später hab ich ihn an den Champs-Élysées wiedergetroffen, und er hat mit mir dasselbe gemacht wie mit allen anderen.«

»Was meinen Sie damit?«

»Er hat mich angepumpt. Erkundigen Sie sich. Diesem Mann fehlen immer ein paar hundert Franc, um ein ganz großes Geschäft aufzuziehen und in wenigen Tagen reich zu werden. Dabei hat er nicht mal das Geld, um den Aperitif zu bezahlen, den er gerade trinkt, oder mit der Metro nach Hause zu fahren. Ich hab ihm wie die anderen etwas gegeben.«

»Und er hat Sie sogar in Ihrer Wohnung aufgestöbert?«

»Das ist alles.«

»Trotzdem sucht sein Sohn nach Ihnen.«

»Ich habe ihn noch nie gesehen.«

»Er ist seit heute Nacht in London.«

»In diesem Hotel?«

Es war das einzige Mal, dass ihre Stimme etwas weniger fest klang und eine gewisse Angst verriet.

»Nein.«

Er zögerte. Er musste zwischen zwei Möglichkeiten wählen, und entschied sich für die, die er für richtig hielt.

»Im Hotel Gilmore, gegenüber der Victoria Station.«

»Woher wollen Sie so genau wissen, dass er mich sucht?«

»Weil er seit heute früh schon in mehreren Luxushotels war und sich nach Ihnen erkundigt hat. Er scheint sie alphabetisch abzusuchen. In einer knappen Stunde wird er hier sein.«

»Dann werden wir ja erfahren, was er von mir will, nicht wahr?«

Ihre Stimme bebte ein wenig.

»Er ist bewaffnet.«

Sie zuckte leicht mit den Schultern, stand auf und blickte zur Tür.

»Dann muss ich Ihnen wohl noch danken, dass Sie so freundlich sind, mich zu bewachen?«

»Noch ist Zeit.«

»Wozu?«

»Zum Reden.«

»Das tun wir seit einer halben Stunde. Jetzt muss ich Sie bitten, mich alleinzulassen, damit ich mich anziehen kann.«

Lächelnd, aber mit einer leicht belegten Stimme fügte sie hinzu:

»Damit ich parat bin, wenn mich der junge Mann wirklich besuchen kommt.«

Ohne noch etwas zu sagen, ging Maigret mit hängenden Schultern hinaus. Er ärgerte sich über sie und über sich selbst, weil er nichts aus ihr herausbekommen hatte, und es kam ihm so vor, als hätte Jeanne Debul während des ganzen Gesprächs die Oberhand behalten. Nachdem er die Tür zugezogen hatte, blieb er im Flur stehen. Zu gern hätte er gewusst, ob sie telefonierte oder plötzlich etwas unternahm.

Unglücklicherweise kam in dem Moment ein Zimmermädchen, dasselbe, das ihn vorhin schon im Flur gesehen hatte, aus dem Zimmer nebenan und blickte ihn eindringlich an. Verlegen ging er auf den Fahrstuhl zu.

In der Lobby fand er den Beamten von Scotland Yard in einem der Sessel vor, den Blick auf die Drehtür geheftet. Er setzte sich neben ihn.

»Nichts?«

»Noch nicht.«

Um diese Zeit herrschte ein reges Kommen und Gehen. Vor dem Hotel hielten unaufhörlich Autos, aus denen nicht nur Reisende, sondern auch Londoner stiegen, die hier zu Mittag essen oder nur in der Bar etwas trinken wollten. Alle waren sehr heiter. In ihren Gesichtern stand dasselbe Entzücken über diesen außergewöhnlich schönen Tag, wie Pyke es ausgestrahlt hatte. Gruppen bildeten sich. Drei oder vier Personen standen immer an der Rezeption. Frauen warteten in den Sesseln auf ihre Begleiter, mit denen sie dann in den Speisesaal gingen.

Maigret erinnerte sich an einen anderen Hotelausgang, der zum Embankment führte. Wenn er in Paris wäre ... Wie viel leichter wäre dann alles! So bereitwillig sich Pyke ihm auch zur Verfügung gestellt hatte, er wollte das nicht ausnutzen. Im Grunde hatte er hier immer Angst, sich lächerlich zu machen. Ob Inspektor Pyke während seines Frankreichaufenthalts dasselbe demütigende Gefühl gehabt hatte?

In Frankreich zum Beispiel hätte ihn die Anwesenheit des Zimmermädchens oben im Flur gar nicht erst in Verlegenheit gebracht. Er hätte ihr irgendetwas erzählt, wahrscheinlich, dass er von der Polizei sei, und weiter an der Tür gelauscht.

»Was für ein schöner Tag, Sir!«

Selbst das regte ihn langsam auf. Diese Leute freuten sich zu sehr über ihren ungewohnten Sonnenschein. Alles andere zählte nicht. Die Passanten auf der Straße bewegten sich wie in einem Traum.

»Denken Sie, dass er kommen wird, Sir?«

»Das ist wahrscheinlich, oder? Das Savoy sollte auf seiner Liste stehen.«

»Ich befürchte ein wenig, dass Fenton sich vielleicht ungeschickt angestellt hat.«

»Wer ist Fenton?«

»Mein Kollege, den Inspektor Pyke ins Lancaster geschickt hat. Er sollte sich wie ich in der Nähe der Rezeption aufhalten, abwarten und dem jungen Mann dann nach draußen folgen.«

»Ist er nicht gut?«

»Doch, das ist er, Sir. Er ist ein ausgezeichneter Polizist. Doch er hat rotes Haar und trägt einen Schnurrbart, sodass man ihn sofort wiedererkennt, wenn man ihn einmal gesehen hat.«

Der Beamte sah auf seine Uhr und seufzte.

Maigret seinerseits beobachtete die Fahrstühle. Aus einem kam Jeanne Debul in einem hübschen zweiteiligen Frühjahrskleid. Sie wirkte vollkommen unbekümmert. Um ihre Lippen spielte das leise Lächeln einer Frau, die weiß, dass sie hübsch und gut angezogen ist. Mehrere Männer blickten ihr nach. Maigret hatte den großen Diamanten bemerkt, den sie am Finger trug.

Mit größter Selbstverständlichkeit schritt sie durch die Eingangshalle, betrachtete die Gesichter um sie herum, gab dann ihren Schlüssel beim Empfang ab und zögerte.

Sie hatte Maigret gesehen. Setzte sie sich für ihn so in Szene?

Zwei Lokale boten sich fürs Mittagessen an: zum einen der große Speisesaal neben der Lobby, dessen Erkerfenster Blick auf die Themse boten, zum anderen der kleinere, weniger gehobene Grillroom, in dem viel mehr Leute saßen und durch dessen Fenster man den Hoteleingang sehen konnte.

Schließlich begab sie sich in den Grillroom. Sie

sagte ein paar Worte zum Kellner, der sie beflissen zu einem kleinen Tisch am Fenster führte.

Im selben Augenblick sagte der Beamte vom Yard neben Maigret:

»Da ist er.«

Gespannt blickte der Kommissar durch die Drehtür auf die Straße hinaus, sah aber niemanden, der dem Foto von Alain Lagrange ähnelte. Er wollte gerade den Mund öffnen, um eine Frage zu stellen, als er verstand. Ein kleiner Mann mit sehr rotem Haar und auffälligem Schnurrbart näherte sich der Tür.

Es handelte sich nicht um Alain, sondern um den Polizisten Fenton. In der Lobby hielt er Ausschau nach seinem Kollegen, ging auf ihn zu und fragte, ohne von Maigrets Anwesenheit Notiz zu nehmen:

»Ist er noch nicht hier gewesen?«

»Nein.«

»Er ist ins Lancaster gekommen. Dann bin ich ihm gefolgt. Er hat sich zum Montreal begeben. Ich frage mich, ob er mich bemerkt hat. Zwei- oder dreimal hat er sich umgedreht und ist dann plötzlich in ein Taxi gesprungen. Ich habe eine Minute gebraucht, bis ich selbst eins gefunden habe. Ich hab in fünf weiteren Hotels nachgefragt. Er ist nicht …«

Ein Page beugte sich zu Maigret hinunter:

»Der Empfangschef möchte Ihnen etwas sagen«, flüsterte er.

Maigret folgte ihm. Der Empfangschef im schwarzen Jackett mit einer Blume im Knopfloch hielt einen Telefonhörer in der Hand. Er zwinkerte Maigret zu, ein Zeichen, das der Kommissar zu verstehen glaubte. Dann sagte er ins Telefon:

»Ich gebe Ihnen den Kollegen, der Bescheid weiß.«

Maigret ergriff den Hörer.

»Hallo.«

»Sprechen Sie Französisch?«

»Ja … *Yes* … Ich spreche Französisch.«

»Ich möchte wissen, ob Madame Jeanne Debul bei Ihnen abgestiegen ist.«

»Wer will das wissen?«

»Ein Freund von ihr.«

»Möchten Sie mit ihr sprechen? Ich kann Sie mit ihrem Apartment verbinden.«

»Nein. Nein.«

Die Stimme klang weit weg.

»Ihr Schlüssel hängt nicht am Brett. Sie muss also in ihrem Zimmer sein. Ich nehme an, sie wird gleich herunterkommen …«

»Ich danke Ihnen.«

»Kann ich nicht …«

Alain hatte schon aufgelegt. Er war gar nicht so dumm. Wahrscheinlich hatte er gemerkt, dass er verfolgt wurde. Statt persönlich in die verschiedenen Hotels zu gehen, hatte er sich entschlossen, aus einer öffentlichen Telefonzelle oder einer Bar anzurufen.

Der Empfangschef hielt einen anderen Hörer in der Hand.

»Noch ein Anruf für Sie, Monsieur Maigret!«

Diesmal war es Pyke, der ihn fragte, ob er mit ihm zu Mittag essen wolle.

»Es ist besser, ich bleibe hier.«

»Waren meine Männer erfolgreich?«

»Nicht ganz. Aber es ist nicht ihre Schuld.«

»Sie haben die Spur verloren.«

»Er wird sicher bald hier auftauchen.«

»Jedenfalls stehen sie Ihnen zur Verfügung.«

»Wenn Sie gestatten, behalte ich den hier, der nicht Fenton heißt.«

»Sie meinen Bryan. Sehr gut. Er ist intelligent. Sehen wir uns vielleicht heute Abend?«

»Ja, vielleicht.«

Er kehrte zu den beiden Männern zurück, die sich immer noch unterhielten, aber bei seiner Rückkehr verstummten. Bryan hatte Fenton wohl verraten, wer er war. Der Rothaarige machte ein zerknirschtes Gesicht.

»Ich danke Ihnen, Mister Fenton. Ich habe die Spur des jungen Mannes gefunden und brauche Sie deshalb heute nicht mehr. Trinken Sie etwas?«

»Im Dienst nie.«

»Und Sie, Mister Bryan, gehen Sie doch bitte in den Grillroom essen, in der Nähe der Dame, die das zweiteilige Kleid mit den kleinen blauen Blumen trägt. Wenn sie hinausgeht, versuchen Sie, ihr zu folgen.«

Ein leichtes Lächeln umspielte Bryans Mund, als er seinem Kollegen nachsah.

»Sie können sich auf mich verlassen.«

»Die Rechnung lassen Sie auf meinen Namen ausstellen.«

Maigret hatte Durst, schon seit über einer halben Stunde. Da es ihm in dem zu tief gepolsterten Sessel zu heiß war, erhob er sich, ging ziellos in der Halle umher und fühlte sich unbehaglich inmitten der Leute, die Englisch sprachen und alle einen Grund hatten, hier zu sein.

Wie oft sah er die Tür sich drehen, die jedes Mal einen Sonnenreflex an eine der Wände warf? Mehr noch. Unablässig strömten Leute herein und hinaus. Autos hielten und fuhren wieder, die gemütlichen, malerischen alten Londoner Taxis, Rolls-Royces oder Bentleys mit schneidigen Fahrern, und kleinere Wagen, die wie Rennautos aussahen.

Er konnte vor Durst kaum noch schlucken. Von seinem Standort aus sah er die mit Gästen gefüllte Bar, die hellen Martinis, die von Weitem in ihren beschlagenen Gläsern so kühl wirkten, und die Whiskeys, die die Kunden stehend an der Bar tranken.

Wenn er hineinging, würde er die Tür aus den Augen verlieren. Er näherte sich der Bar, kehrte dann aber wieder um und bedauerte es, dass er Fenton fortgeschickt hatte, der immerhin ein paar Minuten hätte Wache halten können.

Bryan aß und trank inzwischen. Maigret wurde langsam ebenfalls hungrig.

Seufzend setzte er sich wieder, als ein weißhaariger alter Gentleman in dem Sessel neben ihm auf einen Knopf drückte, den Maigret nicht bemerkt hatte. Kurz darauf beugte sich ein Kellner in weißer Weste zu dem Herrn hinunter.

»Einen doppelten Scotch mit Eis.«

Natürlich! So einfach war das. Er war gar nicht darauf gekommen, dass er sich in der Lobby etwas servieren lassen konnte.

»Dasselbe für mich. Bier haben Sie wohl nicht?«

»Doch, Sir. Was für ein Bier wünschen Sie?«

Die Bar hatte alle möglichen Biersorten, holländische, dänische, deutsche und sogar ein französisches Exportbier, das Maigret nicht kannte.

In Frankreich hätte er gleich zwei Gläser auf einmal bestellt, so durstig, wie er war. Aber hier wagte er es nicht. Und das machte ihn wütend. Es war demütigend, sich so eingeschüchtert zu fühlen.

Waren die Bar- und Zimmerkellner, die Pagen, die Portiers etwa imposanter als die eines Pariser Luxushotels? Es kam ihm so vor, als blickten alle ihn an, als musterte ihn der alte Herr neben ihm mit kritischem Blick.

Würde sich Alain Lagrange entschließen zu kommen oder nicht?

Es war nicht das erste Mal, dass ihm das geschah: Ohne ersichtlichen Grund verlor Maigret plötzlich das Vertrauen in sich selbst. Was hatte er hier eigentlich verloren? Er hatte die Nacht über nicht geschlafen, in der Loge einer Concierge Kaffee getrunken und sich dann die Geschichten einer jungen molligen Frau in einem rosa Pyjama angehört, die ihm ein Stück freien Bauch gezeigt hatte und krampfhaft interessant erscheinen wollte.

Und sonst? Alain Lagrange hatte ihm seinen Revolver gestohlen, auf der Straße einen Passanten bedroht und ihm seine Brieftasche geraubt, um dann in ein Flugzeug nach London zu steigen. In der Psychiatrischen spielte der Baron den Verrückten.

Und wenn er wirklich verrückt war?

Angenommen, Alain würde sich im Hotel einfinden, was würde Maigret dann tun? Ihn vorsichtig ansprechen? Ihm sagen, dass er eine Erklärung verlangte?

Und wenn er versuchte, zu fliehen oder sich zur

Wehr zu setzen? Was für einen Eindruck würde es auf all die Engländer machen, die sich an ihrer Sonne erfreuten, wenn er auf einen jungen Mann losging? Vielleicht würden sie sich gar auf *ihn* stürzen?

So etwas war ihm einmal in Paris passiert, allerdings war er da jung gewesen und noch auf Streife gegangen. Als er an einem Metroausgang einem Taschendieb die Hand auf die Schulter gelegt hatte, hatte der Kerl gebrüllt: »Hilfe!«

Und es war Maigret gewesen, den die Menge festgehalten hatte, bis die Polizei gekommen war.

Er hatte immer noch Durst, zögerte zu klingeln, drückte aber dann doch auf den weißen Knopf und war sich sicher, dass sein Nachbar mit dem weißen Haar ihn für einen schlecht erzogenen Menschen hielt, der am laufenden Band Bier trank.

»Einen ...«

Er glaubte draußen eine Gestalt zu erkennen und sagte gedankenlos:

»*Whiskey and Soda.*«

»Sehr wohl, Sir.«

Es war nicht Alain. Aus der Nähe sah er ihm überhaupt nicht ähnlich. Außerdem traf er sich mit einer jungen Frau, die ihn in der Bar erwartete.

Maigret saß noch auf seinem Platz, schon ganz versteift, mit einem schlechten Geschmack im

Mund, als Jeanne Debul in Hochform den Grillroom verließ und zur Drehtür ging.

Draußen wartete sie, bis einer der Portiers ihr ein Taxi herangepfiffen hatte. Bryan folgte ihr, ebenfalls in bester Stimmung, und blinzelte im Vorbeigehen Maigret zu. Es war, als wollte er sagen: »Keine Sorge!« Auch er stieg in ein Taxi.

Wäre Alain Lagrange nett gewesen, wäre er jetzt gekommen. Jeanne Debul war nicht mehr da. Es bestand also keine Gefahr, dass er sich auf sie stürzte und mit seinem Revolver auf sie schoss. In der Hotelhalle war es stiller als vor einer halben Stunde. Die Leute hatten gegessen. Mit rosigeren Gesichtern zogen sie nacheinander davon, um ihren Geschäften nachzugehen oder noch auf dem Piccadilly oder der Regent Street zu flanieren.

»Dasselbe noch mal, Sir?«

»Nein, diesmal möchte ich ein Sandwich.«

»Entschuldigen Sie, Sir, aber in der Lobby dürfen wir kein Essen servieren.«

Er hätte heulen können vor Wut.

»Na, dann bringen Sie mir, was Sie wollen. Meinetwegen noch mal dasselbe!«

Darauf kam es nun auch nicht mehr an. Er konnte schließlich nichts dafür!

7

Von einer Tafel Milchschokolade, die den Kommissar beschäftigt, und einer Katze, die einst ein ganzes Viertel auf Trab hielt

Um drei, um halb vier, um vier saß Maigret immer noch da und fühlte sich so unwohl in seiner Haut wie Leute, die sich nach mehreren aufeinanderfolgenden heißen, gewittrigen Tagen böse Blicke zuwerfen, so ausgelaugt, dass sie jeden Moment den Mund aufzureißen scheinen, um wie Fische auf dem Trocknen nach Luft zu schnappen.

Der Unterschied war nur, dass er der Einzige in diesem Zustand war. Es lag auch nicht das leiseste Gewitter in der Luft. Der Himmel über The Strand war nach wie vor von einem durchsichtigen, schönen Blau, ohne eine Spur von Violett. Nur hier und dort schwebte eine kleine weiße Wolke vorüber wie eine Feder, die einer Daunendecke entschlüpft ist.

Manchmal ertappte er sich dabei, wie er seine Nachbarn auf eine Weise ansah, als hegte er einen persönlichen Hass gegen sie. Dann wieder lastete ein Minderwertigkeitskomplex so schwer auf ihm, dass er ganz hinterlistig erschien.

Sie alle waren zu glatt, zu selbstsicher. Am meisten aber grollte er immer noch dem Empfangschef mit seinem eleganten Jackett und dem falschen Kragen, den kein bisschen Schweiß aus der Fasson brachte. Er schien Zuneigung für Maigret entwickelt zu haben, oder vielleicht Mitleid, denn er lächelte ihn von Zeit zu Zeit verschwörerisch und aufmunternd an.

Es war, als wollte er ihm über das Gedränge der namenlosen Reisenden hinweg sagen: »Wir sind beide gezwungen, unseren beruflichen Pflichten nachzukommen. Kann ich nicht etwas für Sie tun?«

Maigret hätte ihm wohl am liebsten geantwortet: »Bringen Sie mir ein Sandwich!«

Er war müde. Ihm war heiß. Er hatte Hunger. Als er kurz nach drei nach einem neuen Bier geklingelt hatte, war der Kellner so schockiert gewesen, als hätte er sich in Hemdsärmeln in eine Kirche gesetzt.

»Es tut mir leid, Sir. Die Bar ist bis halb sechs geschlossen, Sir!«

Der Kommissar hatte irgendetwas gebrummt wie:

»Barbaren.«

Zehn Minuten später war er verlegen auf einen Pagen zugegangen, den jüngsten, der am wenigsten Eindruck machte.

»Könnten Sie mir eine Tafel Schokolade besorgen?«

Er hielt es nicht länger aus, wenn er jetzt nicht etwas aß. So kam es, dass er in kleinen Stücken eine Tafel Milchschokolade verzehrte, die er tief in seiner Tasche versteckt hielt. Sah er in der Lobby dieses Luxushotels nicht wie der französische Polizeibeamte aus den Karikaturen aus, den die Pariser Journalisten »Nagelschuhe« nannten? Er ertappte sich dabei, wie er sich in den Spiegeln betrachtete. Er fand sich plump und schlecht angezogen. Pyke hingegen sah nicht aus wie ein Polizeibeamter, sondern wie ein Bankdirektor. Besser gesagt, wie ein Vizedirektor. Oder wie ein vertrauenswürdiger Mitarbeiter, ein gewissenhafter Angestellter.

Würde Pyke warten, wie Maigret es jetzt tat, ohne auch nur zu wissen, ob überhaupt etwas geschehen würde?

Um zwanzig vor vier gab ihm der Empfangschef ein Zeichen.

»Paris will Sie sprechen. Ich vermute, Sie nehmen den Anruf lieber hier entgegen?«

In einem Raum rechts von der Eingangshalle standen mehrere Telefonzellen nebeneinander, aber von dort hätte er nicht mehr den Eingang beobachten können.

»Sind Sie's, Chef?«

Es war eine Wohltat, die Stimme des tapferen Lucas zu hören.

»Was Neues bei euch, mein Lieber?«

»Der Revolver wurde gefunden. Ich hielt es für besser, Ihnen Bescheid zu sagen.«

»Erzähl!«

»Kurz vor Mittag bin ich beim Alten vorbeigegangen.«

»Rue Popincourt?«

»Ja. Ich hab auf gut Glück in den Ecken gestöbert, aber nichts gefunden. Als ich dann auf dem Hof ein Baby weinen hörte, hab ich mich aus dem Fenster gelehnt. Die Wohnung liegt, wie Sie sich erinnern werden, im obersten Stock und hat ziemlich niedrige Decken. Eine Regenrinne fängt das Wasser vom Dach auf. Ich habe festgestellt, dass man sie mit der Hand erreichen kann.«

»Der Revolver lag in der Regenrinne?«

»Ja, genau überm Fenster. Ein kleiner, sehr hübscher Revolver belgischer Herstellung, auf dem die Initialen A. D. eingraviert sind.«

»André Delteil?«

»Genau. Ich habe mich im Präsidium erkundigt. Der Abgeordnete hatte einen Waffenschein. Die Nummer stimmt überein.«

»Ist das die Tatwaffe?«

»Der Sachverständige hat mir gerade am Telefon seinen Bericht durchgegeben. Darauf hab ich gewartet, bevor ich Sie angerufen habe. Er hat es bestätigt.«

»Fingerabdrücke?«

»Vom Ermordeten und von François Lagrange.«

»Hat sich sonst noch was ergeben?«

»Die Nachmittagszeitungen überschlagen sich mit der Nachricht. Im Flur wimmelt es von Reportern. Ich glaube, einer von ihnen, der Wind von Ihrer Reise nach London bekommen hat, ist ebenfalls in den Flieger gestiegen. Richter Rateau hat zwei- oder dreimal angerufen, um zu hören, ob's was Neues von Ihnen gibt.«

»Sonst nichts?«

»Es ist herrliches Wetter.«

Er auch!

»Hast du zu Mittag gegessen?«

»Ja, sehr gut, Chef.«

»Ich nicht! ... Hallo! ... Trennen Sie noch nicht, Mademoiselle ... Bist du noch dran, Lucas? ... Lass auf alle Fälle das Haus Boulevard Richard-Wallace 7a in Neuilly überwachen! Frag auch bei den Taxifahrern nach, ob einer von ihnen Alain Lagrange gefahren hat. Wohlgemerkt, ich meine den Sohn, von dem du das Foto hast.«

»Schon verstanden.«

»Also, um herauszubekommen, ob ihn einer am Donnerstagmorgen zur Gare du Nord gefahren hat.«

»Ich dachte, er wäre erst nachts mit dem Flieger los.«

»Das spielt keine Rolle. Sag dem Chef, ich rufe ihn an, sobald ich was Neues weiß.«

»Haben Sie den Jungen noch nicht ausfindig gemacht?«

Darauf wollte er lieber nicht antworten. Es war ihm unangenehm, zuzugeben, dass er Alain am Telefon gehabt hatte, dass man ihm stundenlang auf Schritt und Tritt durch die Straßen Londons gefolgt, aber trotzdem noch nicht weitergekommen war.

Irgendwo, wahrscheinlich nicht weit von hier, trieb sich Alain Lagrange herum, mit dem großen Revolver in der Tasche, den er Maigret gestohlen hatte. Dem Kommissar blieb nichts anderes übrig, als abzuwarten und das Treiben der Menge um sich herum zu beobachten.

»Machen wir Schluss.«

Seine Augenlider brannten. Er wagte nicht, sich wieder in einen Sessel zu setzen, aus Angst, dort einzudösen. Ihm war schlecht von der Schokolade.

Er ging vor die Tür, um Luft zu schnappen.

»Taxi, Sir?«

Er durfte weder ein Taxi nehmen noch spazieren gehen noch sonst etwas tun, außer hierzubleiben und sich zum Narren zu machen.

»Schönes Wetter, Sir!«

Kaum war er wieder in der Lobby, als sein persönlicher Feind, der Empfangschef, ihn mit einem Lächeln auf den Lippen und dem Hörer in der Hand zu sich rief.

»Für Sie, Monsieur Maigret.«

Es war Pyke.

»Bryan hat mich eben angerufen. Ich wollte Ihnen seine Nachricht weitergeben.«

»Vielen Dank.«

»Die Dame ist am Piccadilly Circus ausgestiegen und zu Fuß die Regent Street entlanggegangen, wobei sie immer wieder vor den Schaufenstern stehen blieb. Sie schien es nicht eilig zu haben. Sie ist in zwei oder drei Läden gegangen und hat ein paar Sachen eingekauft, die sie sich ins Savoy schicken lässt. Möchten Sie die Liste hören?«

»Worum handelt es sich?«

»Wäsche, Handschuhe, Schuhe. Danach ist sie über die Old Bond Street zum Piccadilly zurückgekehrt. Vor einer halben Stunde hat sie sich in ein Kino begeben. Dort ist sie immer noch. Bryan überwacht sie weiter.«

Noch so ein Detail, das ihm sonst gar nicht aufgefallen wäre, aber ihm jetzt übel aufstieß: Statt ihn, Maigret, anzurufen, hatte Bryan mit seinem unmittelbaren Vorgesetzten telefoniert.

»Bleibt es bei unserem gemeinsamen Abendessen?«

»Ich bin nicht sicher. Ich beginne allmählich daran zu zweifeln.«

»Fenton ist ganz geknickt über das, was passiert ist.«

»Er kann nichts dafür.«

»Wenn Sie noch einen meiner Männer brauchen oder mehrere …«

»Danke.«

Wo blieb nur Alain, dieser Dummkopf? Hatte sich Maigret etwa von vorne bis hinten getäuscht?

»Können Sie mich mit dem Hotel Gilmore verbinden?«, fragte er, nachdem das Gespräch mit Pyke beendet war.

Am Gesichtsausdruck des Empfangschefs merkte er, dass es sich dabei um kein erstklassiges Hotel handelte.

Diesmal musste er Englisch sprechen, da der Mann am anderen Ende der Leitung kein Wort Französisch verstand.

»War Mister Alain Lagrange, der heute Morgen sehr früh bei Ihnen eingetroffen ist, im Lauf des Tages noch einmal im Hotel?«

»Wer spricht da?«

»Kommissar Maigret von der Pariser Kriminalpolizei.«

»Bleiben Sie bitte dran.«

Man hörte jemand anderen mit einer tieferen Stimme, der eine wichtigere Stellung einzunehmen schien.

»Ja, bitte? Hier spricht der Direktor des Hotels Gilmore.«

Maigret leierte seine Frage erneut herunter.

»Warum stellen Sie diese Frage?«

Er setzte zu einer etwas verworrenen Erklärung an, da ihm die passenden englischen Wörter nicht einfielen. Schließlich nahm ihm der Empfangschef den Hörer ab:

»Gestatten Sie?«

Er brauchte bloß zwei Sätze zu sagen, in denen von Scotland Yard die Rede war. Als er auflegte, war er hochzufrieden mit sich.

»Diese Leute misstrauen Ausländern immer ein wenig. Der Direktor des Gilmore hat schon überlegt, ob er die Polizei rufen soll. Der junge Mann hat seinen Schlüssel geholt und ist gegen eins in sein Zimmer hochgegangen. Er ist nicht lange geblieben. Ein Zimmermädchen, das ein Apartment im selben Stock reinigte, hat später gemeldet, dass ihr Generalschlüssel verschwunden sei, den sie in der Tür hatte stecken lassen. Hilft Ihnen das weiter?«

»Ja.«

Die Geschichte veränderte sogar ein wenig das Bild, das er sich vom jungen Alain gemacht hatte. Der Geist des Jungen lief seit dem Morgen auf Hochtouren. Er hatte sich gedacht: Wenn der Hauptschlüssel eines Hausmädchens alle Zimmer in einem Hotel aufschloss, dann ließen sich damit womöglich auch die Zimmer eines anderen Hotels öffnen.

Maigret setzte sich. Als er auf die Uhr sah, war es fünf. Plötzlich ging er wieder zur Rezeption.

»Denken Sie, dass sich mit einem Generalschlüssel des Hotels Gilmore die Zimmer hier öffnen lassen?«

»Das ist unwahrscheinlich.«

»Würden Sie mal nachfragen, ob auch keins Ihrer Zimmermädchen ihren Generalschlüssel vermisst?«

»Das hätte sie wohl der Etagenleiterin gemeldet und diese wiederum … Einen Augenblick …«

Er kümmerte sich um einen Herrn, der ein anderes Apartment wünschte, da seins zu sonnig war, verschwand dann in einem Büro nebenan, in dem man mehrere Telefone klingeln hörte. Als er zurückkam, war er nicht mehr so gönnerhaft, sondern zog die Stirn in Falten:

»Sie hatten recht. Im sechsten Stock ist ein Schlüsselbund verschwunden.«

»Auf dieselbe Weise wie im Gilmore?«

»Ja, genau. Beim Saubermachen haben die Zimmermädchen die schlechte Angewohnheit, entgegen der Vorschrift die Schlüssel in der Tür stecken zu lassen.«

»Wie lange ist das her?«

»Eine halbe Stunde. Denken Sie, dass wir deshalb Ärger bekommen?«

Der Mann betrachtete die Lobby mit der sorgenvollen Miene eines Kapitäns, der die Verantwortung für sein Schiff trägt. Musste man nicht um jeden Preis jeden noch so kleinen Zwischenfall vermeiden, der den Glanz eines so schönen Tages trüben konnte?

In Frankreich hätte Maigret zu ihm gesagt: »Geben Sie mir einen anderen Generalschlüssel. Ich gehe hoch. Wenn Jeanne Debul zurückkommt, halten Sie sie einen Augenblick auf und sagen Sie mir Bescheid.«

Hier nicht. Sicher würde man ihm nicht erlauben, ohne einen Durchsuchungsbeschluss in ein Apartment einzudringen, das eine andere Person gemietet hatte.

Vorsichtshalber schlenderte er noch eine ganze Weile in der Lobby umher. Dann beschloss er zu warten, bis die Bar wieder geöffnet wurde, da es nur noch eine Frage von Minuten war. Ohne sich weiter um die Drehtür zu kümmern, stellte er sich an die Theke, stützte sich mit dem Ellbogen ab und trank zwei große Bier.

»Sie haben aber Durst, Sir.«

»Ja.«

Dieses Ja klang so unwirsch, dass es dem lächelnden Barmann die Sprache verschlug.

Es gelang ihm, die Eingangshalle zu verlassen, ohne vom Empfangschef gesehen zu werden. Er nahm den Fahrstuhl, beklommen bei dem Gedanken, dass sein ganzer Plan nun von der Laune eines oder einer Hotelangestellten abhing.

Der lange Flur war leer, als er ihn betrat. Er verlangsamte den Schritt und blieb dann stehen, bis er sah, dass sich eine Tür öffnete und ein Hausdiener in gestreifter Weste mit einem Paar Pumps in der Hand herauskam.

Mit der Selbstsicherheit eines Gastes, der keinerlei Hintergedanken hegt, ging er leise vor sich hin pfeifend auf die Tür von 605 zu, kramte in seinen Taschen und setzte ein verdutztes Gesicht auf.

»*Valet, please.*«

»*Yes, Sir.*«

Er wühlte immer noch in seiner Tasche. Es war nicht derselbe Zimmerkellner wie am Morgen. Anscheinend hatte es einen Schichtwechsel gegeben.

»Würden Sie mir bitte aufschließen, damit ich

nicht noch einmal hinuntermuss, um meinen Schlüssel zu holen?«

Der Mann ahnte nichts Böses.

»Gern, Sir.«

Als sich die Tür öffnete, blickte er nicht ins Zimmer, wo er den Morgenrock einer Frau gesehen hätte.

Maigret schloss sorgfältig ab, wischte sich den Schweiß von der Stirn, ging bis in die Mitte des Zimmers und sagte dann mit ganz natürlicher Stimme, als spräche er zu jemandem:

»Da bin ich!«

Er betrat weder das Badezimmer, dessen Tür halb offen stand, noch sah er in die Schränke. Im Grunde war er viel aufgeregter, als es den Anschein hatte und seine Stimme vermuten ließ.

»Da wären wir, mein Junge. Jetzt können wir beide uns endlich mal unterhalten.«

Schwerfällig setzte er sich auf den Sessel, schlug die Beine übereinander, zog eine Pfeife heraus und zündete sie an. Er war davon überzeugt, dass sich Alain Lagrange irgendwo versteckt hatte, vielleicht in einem der Schränke oder unterm Bett.

Er wusste auch, dass der junge Mann bewaffnet, nervös und wahrscheinlich mit den Nerven am Ende war.

»Ich bitte dich nur um eins: Mach keinen Blödsinn.«

Er glaubte, vom Bett her ein leises Geräusch zu vernehmen. Er war sich nicht sicher, beugte sich aber nicht hinunter.

»Einmal«, fuhr er fort, als erzählte er eine Geschichte, »habe ich etwas Merkwürdiges erlebt, ganz in der Nähe meiner Wohnung am Boulevard Richard-Lenoir. Es war auch Sommer, am Abend eines sehr heißen Tages. Es war immer noch warm. Das ganze Viertel war auf den Beinen.«

Er sprach langsam. Wenn jemand in diesem Augenblick hereingekommen wäre, hätte er ihn zumindest für einen Sonderling gehalten.

»Ich weiß nicht, wer als Erster die Katze gesehen hat. Wenn ich mich recht erinnere, war's ein kleines Mädchen, das um diese Zeit eigentlich im Bett hätte liegen müssen. Es wurde schon dunkel. Sie hat auf etwas Schwarzes in einem Baum gezeigt. Wie immer sind Passanten stehen geblieben. Ich lehnte mich aus meinem Fenster heraus und sah sie gestikulieren. Es sind noch mehr Leute zur Gruppe gestoßen. Schließlich standen wohl an die hundert Menschen unter dem Baum. Da bin ich runtergegangen, um mir selbst ein Bild zu machen.«

Er unterbrach seine Geschichte und sagte:

»Wir sind hier allein. Das macht die Sache einfacher. Was die Schaulustigen auf dem Boulevard anlockte, war eine dicke braune Katze, die am Ende eines Astes saß. Sie schien sich dort zu fürchten. Sie hatte wohl gar nicht gemerkt, dass sie so hoch geklettert war. Sie wagte weder sich zu rühren, um umzukehren, noch zu springen. Die Frauen, die zu ihr hinaufblickten, bedauerten sie, während die Männer nach einer Möglichkeit suchten, sie aus ihrer misslichen Lage zu befreien.

›Ich hole eine Bockleiter‹, sagte ein Handwerker von gegenüber.

Man stellte die Leiter auf. Er stieg hinauf. Noch einen Meter, dann hätte er den Ast erreicht, aber schon beim Anblick seines ausgestreckten Arms fauchte die Katze wütend und versuchte, ihn zu kratzen.

Ein Junge rief:

›Ich kletter hoch.‹

›Das kannst du nicht, der Ast ist nicht stark genug.‹

›Ich werde ihn schütteln. Ihr braucht nur ein Betttuch hinzuhalten.‹

Er hatte das wohl bei den Feuerwehrleuten im Kino gesehen. Die Sache wurde immer aufregender. Eine Concierge brachte das Betttuch. Der Junge schüttelte den Ast, an dessen Ende sich das arme Tier mit aller Kraft festkrallte und völlig verstört aussah.

Alle hatten Mitleid mit ihm.

›Wenn man eine höhere Leiter hätte …‹

›Vorsicht! Vielleicht hat sie Tollwut. Sie hat Blut am Maul.‹

Ja, so war es. Man hatte Mitleid, aber auch Angst, verstehst du? Niemand wollte schlafen gehen, ohne zu wissen, wie die Geschichte mit der Katze ausging. Wie sollte man ihr klarmachen, dass sie sich gefahrlos in das gespannte Laken fallen lassen konnte? Oder dass sie nur umzukehren brauchte?«

Maigret wartete fast darauf, dass eine Stimme fragte:

»Was geschah dann?«

Aber die Frage kam nicht, weshalb er von sich aus fortfuhr:

»Man hat sie schließlich herunterbekommen. Ein großer, schlanker Kerl streckte sich über den Ast und konnte die Katze mit einem Stock dazu bringen, sich ins Laken fallen zu lassen. Als man es öffnete, ist das Tier so schnell herausgesprungen, dass man es gerade noch über die Straße flitzen und in einem Kellerfenster verschwinden sah. Das ist alles.«

Diesmal war er sicher, dass sich unter dem Bett jemand geregt hatte.

»Die Katze hatte Angst, weil sie nicht wusste, dass man ihr nichts tun wollte.«

Schweigen. Maigret zog an seiner Pfeife.

»Ich will dir auch nichts Böses. Du hast André

Delteil nicht ermordet. Das mit meinem Revolver ist nicht so schlimm. Wer weiß? Vielleicht hätte ich in deinem Alter und in deiner Lage dasselbe getan. Im Grunde ist es meine Schuld. Ja, doch! Wenn ich an dem Mittag keinen Aperitif getrunken hätte, wäre ich eine halbe Stunde früher nach Hause gekommen und du wärst noch dort gewesen.«

Er sprach mit neutraler, beinahe einschläfernder Stimme.

»Was wäre dann geschehen? Du hättest mir einfach alles erzählt, was du mir ursprünglich sagen wolltest. Denn du warst ja zu mir gekommen, um mit mir zu sprechen. Du hattest keine Ahnung, dass ein Revolver auf dem Kaminsims lag. Du wolltest mir die Wahrheit sagen und mich bitten, deinem Vater beizustehen.«

Er schwieg länger, damit seine Worte langsam zu dem jungen Mann durchdringen konnten.

»Komm noch nicht raus. Das ist nicht nötig. Uns geht's auch so gut. Ich bitte dich nur, auf den Revolver zu achten. Das ist ein Spezialmodell, auf das die amerikanische Polizei sehr stolz ist. Der Abzug ist so empfindlich, dass man ihn kaum berühren muss, damit sich ein Schuss löst. Ich habe ihn nie benutzt. Es ist ein Souvenir, verstehst du?«

Er seufzte.

»Jetzt wollen wir mal überlegen, was du mir gesagt hättest, wenn ich früher zum Mittagessen nach Hause gekommen wäre. Natürlich hättest du mir von der Leiche erzählt. Warte. Wir haben's nicht eilig. Erst mal gehe ich davon aus, dass du am Dienstagabend, als Delteil deinen Vater besucht hat, nicht zu Hause warst. Wärst du dort gewesen, wäre alles anders verlaufen. Du bist vermutlich erst heimgekommen, als schon alles vorbei war.

Wahrscheinlich war die Leiche in dem Zimmer versteckt, das als Abstellraum dient, vielleicht schon in dem Koffer. Dein Vater hat dir nichts gesagt. Ich wette, ihr beide redet nicht viel miteinander, was?«

Er ertappte sich dabei, dass er auf eine Antwort wartete.

»Gut! Vielleicht hast du etwas geahnt, vielleicht nicht. Jedenfalls hast du am Morgen die Leiche entdeckt. Du hast darüber geschwiegen. Es ist schwer, seinen Vater auf so etwas anzusprechen.

Deiner war auch noch zusammengebrochen und krank.

Da musstest du an mich denken, weil du die Zeitungsausschnitte kennst, die dein Vater gesammelt hat.

Nun, zu mir hättest du in etwa gesagt:

›In unserer Wohnung liegt eine Leiche. Ich weiß nicht, was vorgefallen ist, aber ich kenne meinen

Vater. Vor allem hat er nie eine Waffe in der Wohnung gehabt.‹

Denn ich wette, dass er nie eine besessen hat, stimmt's?

Ich weiß nicht viel über deinen Vater, aber ich bin mir sicher, er hat große Angst vor Schusswaffen.

Dann hättest du gesagt:

›Er ist ein Mensch, der keinem etwas zuleide tun kann. Trotzdem wird man ihn beschuldigen. Er wird nicht die Wahrheit sagen, weil es um eine Frau geht.‹

Wenn es so gewesen wäre, hätte ich dir natürlich geholfen. Wir hätten uns gemeinsam auf Wahrheitssuche begeben.

Ich bin fast sicher, dass die Frau inzwischen im Gefängnis wäre.«

Hoffte er, dass es damit getan wäre? Er wischte sich den Schweiß ab und wartete auf eine Reaktion, die nicht kam.

»Ich hatte ein ziemlich langes Gespräch mit deiner Schwester. Ich nehme an, du magst sie nicht sonderlich. Sie ist eine Egoistin, die nur an sich denkt. Ich hatte nicht die Zeit, deinen Bruder Philippe aufzusuchen, aber er muss noch hartherziger sein als sie. Wegen ihrer Kindheit sind die beiden nicht gut auf deinen Vater zu sprechen, obwohl er im Grunde alles getan hat, was er konnte. Es ist nicht jedem vergönnt, stark zu sein. Du, du hast das verstanden ...«

Ganz leise sagte er zu sich: »Herr im Himmel, lass sie nicht gerade jetzt zurückkommen!«

Denn dann wäre es wahrscheinlich wie mit der Katze am Boulevard Richard-Lenoir gewesen: Die ganze Horde aus dem Savoy hätte sich um einen Heranwachsenden versammelt, dessen Nerven blank lagen.

»Weißt du, es gibt Dinge, die du weißt und die ich nicht weiß, aber es gibt auch welche, dir mir bekannt sind und von denen du keine Ahnung hast. Dein Vater befindet sich gerade in der Psychiatrischen Abteilung des Untersuchungsgefängnisses. Das bedeutet, dass er verhaftet wurde, man aber noch nicht weiß, ob er geistig gesund ist. Wie gewöhnlich sind sich die Psychiater nicht einig. Das sind sie nie. Am meisten beunruhigt ihn wahrscheinlich, dass er weder weiß, was aus dir geworden ist, noch was du zu tun gedenkst. Er kennt dich und weiß, dass du die Sachen durchziehst, die du dir vorgenommen hast.

Jeanne Debul ist im Kino.

Es wird niemandem etwas bringen, wenn sie bei ihrer Rückkehr in ihr Zimmer getötet wird. Das wäre sogar sehr ärgerlich, vor allem weil man sie dann nicht mehr vernehmen könnte, aber auch weil du der englischen Justiz ausgeliefert wärst, die dich höchstwahrscheinlich am Ende hängen würde.

So ist das, mein Junge.

Es ist entsetzlich heiß in diesem Zimmer. Ich werde das Fenster öffnen. Ich habe keine Waffe. Die Leute täuschen sich, wenn sie meinen, dass die Inspektoren und Kommissare der Kriminalpolizei bewaffnet seien. In Wahrheit sind sie dazu nicht mehr berechtigt als alle anderen Bürger.

Ich schaue nicht unters Bett. Ich weiß, dass du da bist. Ich weiß auch ungefähr, was du denkst. Natürlich ist es keine leichte Entscheidung! Es ist nicht so spektakulär, wie auf eine Frau zu schießen und den Rächer zu spielen.«

Er ging zum Fenster, öffnete es, lehnte sich hinaus und spitzte die Ohren, während er nach unten schaute. Hinter ihm regte sich immer noch nichts.

»Kannst du dich nicht entscheiden?«

Er wurde ungeduldig und drehte sich wieder zum Zimmer um.

»Du bringst mich noch auf den Gedanken, dass du weniger intelligent bist, als ich dachte! Was nützt es dir, dort unten zu bleiben? Antworte, du Dummkopf! Denn im Grunde bist du nur ein kleiner Dummkopf. Du hast die ganze Sache überhaupt nicht durchdacht. Wenn du so weitermachst, wirst du nur dafür sorgen, dass dein Vater verurteilt wird. Fass meinen Revolver nicht an, hörst du? Ich verbiete dir, ihn anzurühren. Leg ihn auf den Boden. So, und jetzt komm da raus!«

Er schien wirklich in Rage zu sein. Vielleicht war er es auch. Jedenfalls hatte er es nun eilig, diese unangenehme Situation hinter sich zu bringen.

Wie bei der Katze hätte schon eine falsche Bewegung gereicht, ein Gedanke, der dem jungen Mann durch den Kopf geschossen wäre.

»Beeil dich! Sie kommt gleich zurück. Das wäre kein schöner Anblick, wenn sie uns hier fände, dich unterm Bett und mich bei dem Versuch, dich herauszulocken. Ich zähle bis drei ... Eins ... zwei ... Wenn du bei drei nicht vor mir stehst, rufe ich den Hoteldetektiv an und ...«

Da endlich wurden Füße sichtbar, abgetretene Sohlen, dann Baumwollstrümpfe und Hosenbeine, die sich hochschoben, als Alain herauskroch.

Um ihm die Sache zu erleichtern, drehte sich Maigret wieder zum Fenster, hörte ihn über den Fußboden rutschen und dann das leise Geräusch von jemandem, der sich erhebt. Er vergaß nicht, dass der junge Mann bewaffnet war, aber er wollte ihm Zeit geben, sich zu sammeln.

»Fertig?«

Er wandte sich um. Alain stand vor ihm, der blaue Anzug voller Staub, die Krawatte schief, das Haar zerzaust. Er sah sehr blass aus. Seine Lippen zitterten. Sein Blick schien jeden Gegenstand im Zimmer zu durchbohren.

»Gib mir meinen Revolver!«

Als Maigret die Hand ausstreckte, griff sein Gegenüber in seine rechte Jacketttasche und streckte dann ebenfalls die Hand aus.

»Findest du nicht, dass es so besser ist?«

Es kam ein schwaches »Ja«.

Und gleich darauf:

»Was werden Sie jetzt tun?«

»Erst einmal essen und trinken. Hast du denn keinen Hunger?«

»Doch. Ich weiß nicht.«

»Ich habe großen Hunger. Im Erdgeschoss gibt's einen ausgezeichneten Grillroom.«

Er wandte sich zur Tür.

»Wo hast du den Generalschlüssel hingetan?«

Er zog ihn aus seiner anderen Tasche, nicht nur einen, sondern einen ganzen Schlüsselbund.

»Es ist besser, ich gebe ihn an der Rezeption ab, sonst machen die womöglich noch ein Riesentheater.«

Im Flur blieb er vor seiner Tür stehen.

»Wir sollten uns erst noch etwas frisch machen.«

Er wollte keinen Zusammenbruch und wusste, dass alles am seidenen Faden hing. Deshalb hielt er seinen Gesprächspartner mit kleinen, praktischen Dingen beschäftigt.

»Hast du einen Kamm?«

»Nein.«

»Du kannst meinen benutzen. Er ist sauber.«

Das trug ihm fast ein Lächeln ein.

»Warum machen Sie das alles?«

»Was alles?«

»Das wissen Sie ganz genau.«

»Vielleicht weil ich auch mal jung war und einen Vater hatte. Geh dir mal mit der Bürste durchs Haar. Zieh dein Jackett aus. Unter dem Bett ist lange nicht saubergemacht worden.«

Er selbst wusch sich Hände und Gesicht mit kaltem Wasser.

»Ich überlege, ob ich noch einmal mein Hemd wechsle. Ich hab heute so viel geschwitzt!«

Er tat es. Alain konnte seine nackte Brust und die Hosenträger sehen, die ihm um die Oberschenkel baumelten.

»Du hast natürlich kein Gepäck bei dir?«

»So wie ich aussehe, kann ich, glaube ich, nicht in den Grillroom.«

Er musterte ihn mit prüfendem Blick.

»Dein Hemd ist wirklich nicht sehr sauber. Hast du darin geschlafen?«

»Ja.«

»Ich kann dir keins von mir leihen. Die sind zu groß für dich.«

Diesmal lächelte Alain schon ungezwungener.

»Wen kümmert es, ob die Kellner zufrieden sind? Verkriechen wir uns eben in eine stille Ecke und versuchen, einen leichten, schön gekühlten Weißwein zu bekommen. Vielleicht haben sie einen.«

»Ich trinke keinen Alkohol.«

»Nie?«

»Ich hab's einmal versucht, aber da ist mir so übel geworden, dass ich's nie wieder probiert habe.«

»Hast du eine Freundin?«

»Nein.«

»Warum nicht?«

»Weiß nicht.«

»Bist du schüchtern?«

»Weiß nicht.«

»Wolltest du nie eine Freundin haben?«

»Doch, ich glaub schon. Aber das geht bei mir nicht.«

Maigret fragte nicht weiter nach. Er hatte verstanden. Als sie aus dem Zimmer gingen, legte er seinem Begleiter unwillkürlich seine große Hand auf die Schulter.

»Du hast mir ganz schön Angst eingejagt, Kleiner.«

»Angst wovor?«

»Hättest du geschossen?«

»Auf wen?«

»Auf sie.«

»Ja.«

»Und auf dich?«

»Vielleicht. Danach. Ja, ich glaube schon.«

Sie begegneten dem Zimmerkellner, der sich nach ihnen umdrehte. Vielleicht hatte er sie aus dem 604 herauskommen sehen, obwohl Maigret doch ins 605 gegangen war?

Der Fahrstuhl brachte sie ins Erdgeschoss. Maigret hielt seinen Schlüssel und den Generalschlüsselbund in der Hand. Er ging zur Rezeption. Er freute sich schon auf den kleinen Triumph über seinen persönlichen Feind mit dem allzu tadellos geschnittenen Jackett. Was würde der Mann tun, wenn er sie beide kommen sah und er ihm die Generalschlüssel übergab?

Aber, nein! Ein anderer stand hinter der Theke, ein großer, blasser blonder junger Mann, der dasselbe Jackett mit Nelke trug. Er kannte Maigret nicht.

»Ich habe diesen Schlüsselbund auf dem Flur gefunden.«

»Ich danke Ihnen«, erwiderte er gleichgültig.

Als Maigret sich umdrehte, stand Bryan mitten in der Halle. Sein Blick schien den Kommissar zu fragen, ob er mit ihm sprechen könne.

»Entschuldigst du mich kurz?«, sagte er zu Alain und ging auf den englischen Kriminalbeamten zu.

»Haben Sie ihn gefunden? Ist er das?«

»Ja, das ist er.«

»Die Dame ist eben zurückgekehrt.«

»Ist sie in ihr Zimmer hochgegangen?«

»Nein, sie ist in der Bar.«

»Allein?«

»Sie plaudert mit dem Barkeeper. Was soll ich tun?«

»Hätten Sie die Muße, sie noch ein bis zwei Stunden für mich zu beschatten?«

»Kein Problem.«

»Wenn sie sich anschickt zu gehen, sagen Sie mir sofort Bescheid. Ich bin im Grillroom.«

Alain hatte nicht versucht, zu fliehen. Er wartete, ein wenig linkisch, ein wenig verlegen, abseits vom Menschengewimmel.

»Guten Appetit, Sir!«

»Danke.«

Er kehrte zum jungen Mann zurück, führte ihn zum Grillroom und sagte:

»Ich habe einen Bärenhunger.«

Als er durch einen Sonnenstrahl hindurchging, der schräg durch das große Fenster fiel, fügte er zu seiner eigenen Überraschung hinzu:

»Was für ein herrliches Wetter!«

8

Wo Maigret gern für ein paar Tage der liebe Gott wäre und das Fliegen nicht jedem bekommt

Isst du gern Hummer?«

Nur Maigrets Augen waren über der riesigen Speisekarte zu sehen, die der Kellner ihm gereicht hatte. Alain wusste nicht, was er mit seiner anfangen sollte, und warf aus Taktgefühl erst gar keinen Blick hinein.

»Ja, Monsieur«, erwiderte er wie in der Schule.

»Nun, dann werden wir uns einen *Homard à l'américaine* leisten. Aber vorher hab ich Lust auf eine große Portion Horsd'œuvres. Maître d'hôtel!«

Nachdem er die Bestellung aufgegeben hatte:

»Als ich so alt war wie du, mochte ich Dosenhummer lieber. Wenn man mir sagte, das sei eine Todsünde, antwortete ich, der schmecke mir nun mal besser. Wir machten höchstens alle sechs Monate eine Dose Hummer auf, nur bei besonderen Anlässen, denn wir waren nicht reich.«

Er lehnte sich etwas zurück.

»Hast du darunter gelitten, nicht reich zu sein?«

»Ich weiß nicht, Monsieur. Ich hätte mir nur gewünscht, dass mein Vater sich nicht so hätte abquälen müssen, um uns großzuziehen.«

»Willst du wirklich nichts trinken?«

»Nur Wasser.«

Maigret bestellte trotzdem eine Flasche Wein für sich, einen Rheinwein. Man stellte ihnen absinthfarbene Gläser mit hohen, etwas dunkleren Stielen hin.

Im Grillroom brannte Licht, aber draußen schien noch die Sonne. Rasch füllte sich der Saal, in dem Maîtres d'hôtel und Kellner im schwarzen Frack lautlos hin und her huschten. Am meisten faszinierten Alain die kleinen Servierwagen. Einen hatte man an ihren Tisch herangeschoben, beladen mit Horsd'œuvres. Es gab noch andere, vor allem mit Gebäck und Desserts. Auffällig war auch der riesige, kuppelförmige Wagen aus Silber, der sich wie eine Kiste aufklappen ließ.

»Vor dem Krieg haben sie darin ein Viertel gebratenen Ochsen serviert«, erklärte Maigret. »Ich glaube, hier habe ich das beste Roastbeef meines Lebens gegessen. Jedenfalls das imposanteste. Jetzt tun sie einen Truthahn hinein. Magst du Truthahn?«

»Ich glaub schon.«

»Wenn du nach dem Hummer noch Appetit hast, können wir noch Truthahn essen.«

»Ich habe keinen Hunger.«

An ihrem kleinen Tisch sahen die beiden aus wie ein reicher Onkel aus der Provinz, der seinem Neffen zum Abschluss des Schuljahrs ein Gala-diner spendiert.

»Ich habe meine Mutter auch sehr früh verloren. Mein Vater hat mich großgezogen.«

»Hat er Sie zur Schule gebracht?«

»Das hätte er nicht gekonnt. Er musste arbeiten. Wir lebten auf dem Land.«

»Als ich noch klein war, hat mein Vater mich zur Schule gebracht und wieder abgeholt. Unter all den Frauen, die am Tor warteten, war er der einzige Mann. Wenn wir nach Hause kamen, kochte er für uns alle das Essen.«

»Es hat doch auch Zeiten gegeben, in denen ihr Hausmädchen hattet, oder?«

»Hat er Ihnen das gesagt? Haben Sie mit ihm gesprochen?«

»Ja, das hab ich.«

»Macht er sich Sorgen um mich?«

»Ich werde gleich in Paris anrufen, damit man ihn beruhigt.«

Alain merkte selbst gar nicht, dass er mit Appetit aß. Er trank sogar, ohne das Gesicht zu verziehen, einen großen Schluck Wein, den ihm der

Sommelier wie selbstverständlich eingeschenkt hatte.

»Das hat nie lange gedauert.«

»Was?«

»Das mit den Hausmädchen. Mein Vater wünschte sich so sehr eine Veränderung herbei, dass er manchmal seinen Wunsch mit der Wirklichkeit verwechselte.

›Von jetzt an, Kinder‹, verkündete er, ›werden wir wie alle anderen leben. Morgen ziehen wir um.‹«

»Ihr seid umgezogen?«

»Das kam vor. Wir zogen in eine neue, unmöblierte Wohnung. Die Möbel wurden erst gebracht, als wir schon da waren. Wir sahen neue Gesichter, Frauen, die mein Vater über ein Vermittlungsbüro eingestellt hatte und die wir beim Vornamen nannten. Aber bald darauf gaben sich schon die Lieferanten und Gerichtsvollzieher die Klinke in die Hand und warteten stundenlang, in der Annahme, mein Vater wäre nicht da. Dabei hat er sich in einem der Zimmer versteckt. Am Ende hat man uns Gas und Strom abgestellt. Das war nicht seine Schuld. Er ist sehr intelligent und hat jede Menge Ideen. Zum Beispiel ...«

Maigret neigte den Kopf vor, um ihn besser hören zu können, das Gesicht entspannt, den Blick voller Sympathie.

»Das ist schon Jahre her. Ich weiß noch, dass er lange Zeit, vielleicht zwei Jahre lang, überall ein Projekt zur Vergrößerung und Modernisierung eines marokkanischen Hafens vorgelegt hat. Man vertröstete ihn mit Versprechungen. Wenn das funktioniert hätte, wären wir dort hingezogen und steinreich geworden. Als der Plan den höheren Behörden vorgelegt wurde, haben sie nur mit den Schultern gezuckt. Es hätte nur noch gefehlt, dass man meinen Vater als Verrückten bezeichnet hätte, weil er gerade dort einen großen Hafen bauen wollte. Inzwischen haben es die Amerikaner getan.«

»Ich verstehe.«

Maigret kannte diese Sorte Mensch nur zu gut. Aber sollte er seinem Sohn wirklich die Augen öffnen? Wozu? Die beiden anderen, der ältere Sohn und die Tochter, hatten schon längst die Wahrheit erkannt und waren gegangen, ohne die mindeste Dankbarkeit für den rundlichen, schwachen, zartbesaiteten Mann, der sie immerhin großgezogen hatte. Von den beiden konnte er nicht einmal ein bisschen Mitleid erwarten.

Der Einzige, der noch an ihn glaubte, war Alain. Das war merkwürdig, denn Alain ähnelte seiner Schwester äußerlich so sehr, dass es fast unangenehm war.

»Noch ein paar Champignons?«

»Danke.«

Der Blick nach draußen war nicht ohne Reiz. Zu dieser Stunde fuhr wie am Mittag ein Auto nach dem anderen vor, wartete in der Schlange, um kurz unter der Markise zu halten, wo ein Portier in mausgrauer Livree auf die Wagentür zueilte.

Im Gegensatz zum Mittag trugen fast alle, die aus den Wagen stiegen, Abendgarderobe, darunter viele junge Paare, aber auch ganze Familien. Die meisten Frauen hatten sich eine Orchidee an ihr Kleid gesteckt. Die Männer waren im Smoking, einige sogar im Frack. Durch die Glasscheiben sah man sie in der Lobby auf und ab gehen, bevor sie sich in den prunkvollen Speisesaal setzten, aus dem Orchesterklänge drangen.

Es war bis zum Ende ein wunderschöner Tag. Das Licht der untergehenden Sonne war noch stark genug, um den Gesichtern einen unwirklichen Glanz zu verleihen.

»Wie alt warst du, als du von der Schule gegangen bist?«

»Fünfzehneinhalb.«

»Gymnasium?«

»Ja. Ich bin nach der Neunten abgegangen.«

»Warum?«

»Ich wollte Geld verdienen, um meinem Vater zu helfen.«

»Warst du ein guter Schüler?«

»Ja, ziemlich gut. Außer in Mathe.«

»Hast du Arbeit gefunden?«

»Ich bin in einem Büro untergekommen.«

»Hat deine Schwester deinem Vater das Geld gegeben, das sie verdient hat?«

»Nein, sie hat ihm Kostgeld gezahlt, hat es aber ganz genau berechnet und weder Miete noch Heizung noch Licht berücksichtigt. Dabei hat sie den meisten Strom verbraucht, weil sie immer bis spätnachts im Bett gelesen hat.«

»Hast du ihm alles gegeben?«

»Ja.«

»Rauchst du?«

»Nein.«

Der Hummer kam und unterbrach für eine Weile ihr Gespräch. Auch Alain wirkte jetzt entspannt. Dennoch drehte er sich manchmal zur Tür um, der er den Rücken zugekehrt hatte.

»Was schaust du?«

»Ich will wissen, ob sie kommt.«

»Glaubst du's?«

»Ich habe gesehen, dass Sie mit jemandem geredet und einen Blick zur Bar geworfen haben. Daraus hab ich geschlossen, dass sie dort ist.«

»Kennst du sie?«

»Ich habe nie mit ihr gesprochen.«

»Und sie, kennt sie dich?«

»Sie wird mich wiedererkennen.«

»Wo hast du sie schon mal gesehen?«

»Am Boulevard Richard-Wallace, vor zwei Wochen.«

»Bist du hoch in ihre Wohnung?«

»Nein, ich stand gegenüber, hinter dem Zaun.«

»Warst du deinem Vater gefolgt?«

»Ja.«

»Warum?«

Maigret war zu schnell vorgeprescht. Alain zog sich zurück.

»Ich verstehe nicht, warum Sie das alles tun.«

»Was alles?«

Er warf einen bedeutungsvollen Blick auf den Grillroom, den Tisch, den Hummer, all den Luxus, mit dem der Mann ihn umgab, der ihn doch eigentlich ins Gefängnis stecken sollte.

»Wir müssen doch wohl was essen, oder nicht? Ich habe seit heute früh nichts mehr gehabt. Und du?«

»Ein Sandwich in einer *milk bar.*«

»Also, lass uns erst mal essen. Alles andere sehen wir später.«

»Was werden Sie tun?«

»Wir nehmen wahrscheinlich eine Maschine zurück nach Paris. Fliegst du gern?«

»Nicht so sehr.«

»Warst du vorher schon mal im Ausland?«

»Noch nie. Letztes Jahr sollte ich zwei Wochen

in einem Ferienlager in Österreich verbringen. Eine Organisation veranstaltet einen Austausch mit jungen Leuten aus beiden Ländern. Ich hatte mich angemeldet. Man hat mir gesagt, ich müsse einen Pass beantragen. Aber als es dann so weit war, lag ich mit einer Nasennebenhöhlenentzündung im Bett.«

Schweigen. Auch er dachte wieder an das, was sie beide beschäftigte. Es war wichtig, dass er von sich aus darauf zu sprechen kam.

»Haben Sie mit ihr geredet?«

»Mit wem?«

»Mit ihr.«

»Heute Morgen in ihrem Zimmer.«

»Was hat sie gesagt?«

»Nichts.«

»Sie hat meinen Vater ins Unglück gestürzt. Aber Sie werden sehen, man kann ihr nichts anhaben.«

»Meinst du?«

»Geben Sie zu, dass Sie es nicht wagen würden, sie zu verhaften.«

»Warum nicht?«

»Ich weiß nicht. Das ist immer so. Sie hat ihre Vorkehrungen getroffen.«

»Weißt du etwas über ihre Geschäfte mit deinem Vater?«

»Nichts Genaues. Ich habe erst vor ein paar Wochen erfahren, wer sie ist.«

»Aber er kennt sie doch schon lange.«

»Er hat sie kurz nach dem Tod meiner Mutter kennengelernt. Damals hat er keinen Hehl daraus gemacht. Ich selbst erinnere mich nicht mehr daran, weil ich noch ein Baby war, aber Philippe hat es mir erzählt. Vater hatte ihm gesagt, er werde wieder heiraten, das sei angenehmer für alle, weil dann wieder eine Frau für uns sorge. Dazu ist es nicht gekommen. Jetzt, wo ich sie gesehen habe und weiß, was für eine Frau sie ist, bin ich sicher, dass sie ihn reingelegt hat.«

»Ja, wahrscheinlich.«

»Philippe behauptet, Vater sei sehr unglücklich darüber gewesen und habe abends oft in seinem Bett geweint. Jahrelang hat er sie nicht gesehen. Vielleicht war sie aus Paris fortgegangen? Oder sie war umgezogen, ohne es ihm zu sagen?

Vor etwa zwei Jahren fiel mir auf, dass sich mein Vater veränderte.«

»Inwiefern?«

»Schwer zu sagen. Seine Laune war plötzlich ganz anders. Er war immer schlecht drauf und vor allem unruhiger. Wenn jemand die Treppe hochkam, fuhr er zusammen und schien dann erleichtert, wenn es ein Lieferant war, selbst wenn er Geld haben wollte.

Mein Bruder lebte da schon nicht mehr bei uns. Meine Schwester hatte angekündigt, dass sie an ihrem einundzwanzigsten Geburtstag ausziehen würde. Die Veränderung kam nicht von heute auf morgen, verstehen Sie? Erst nach und nach habe ich sie bemerkt.

Früher trank er nur Mineralwasser, selbst in den Bars, wo ich ihn manchmal suchen musste, um ihm etwas auszurichten. Dann fing er an, Aperitifs zu trinken. An manchen Abenden kam er torkelnd nach Hause und behauptete, er habe Kopfschmerzen.

Er hat mich anders angesehen als früher, hat sich vor mir geniert und wurde ungehalten.«

»Iss.«

»Verzeihen Sie, aber ich habe keinen Hunger mehr.«

»Einen Nachtisch?«

»Von mir aus.«

»Da hast du angefangen, ihm nachzugehen?«

Er zögerte mit der Antwort, blickte Maigret aufmerksam an, mit gerunzelter Stirn, und glich in diesem Augenblick so sehr seiner Schwester, dass Maigret den Blick abwandte.

»Es ist ganz normal, dass du versucht hast, etwas in Erfahrung zu bringen.«

»Ich weiß trotzdem nichts.«

»Selbstverständlich. Du weißt nur, dass er oft zu dieser Frau gegangen ist, vor allem am späten Vormittag. Du bist ihm bis zum Boulevard

Richard-Wallace gefolgt, wie du ja vorhin zugegeben hast. Du standst unten, hinter dem Zaun zum Wald. Dein Vater und seine Begleiterin haben vermutlich aus dem Fenster der Wohnung gesehen. War sie es, die dich bemerkt hat?«

»Ja, sie hat mit dem Finger auf mich gezeigt. Wahrscheinlich, weil ich zum Fenster hochgeblickt habe.«

»Hat dein Vater ihr gesagt, wer du bist? Hat er dann mit dir darüber geredet?«

»Nein, ich hatte es erwartet, aber er hat es nicht getan.«

»Und du?«

»Ich habe es nicht gewagt.«

»Hast du Geld gefunden?«

»Woher wissen Sie das?«

»Gib zu, manchmal hast du abends die Brieftasche deines Vaters durchsucht, nicht um Geld herauszunehmen, sondern um Bescheid zu wissen.«

»Nicht in seiner Brieftasche. Er versteckte es immer in der Schublade unter seinen Hemden.«

»Viel?«

»Mal hunderttausend Franc, mal mehr, aber manchmal auch nur fünfzigtausend.«

»Oft?«

»Das kam drauf an. Ein- bis zweimal in der Woche.«

»Und am Tag danach begab er sich zum Boulevard Richard-Wallace?«

»Ja.«

»Dann war das Geld nicht mehr da?«

»Sie ließ ihm ein paar mickrige Scheine.«

Alain sah ein Funkeln in den Augen Maigrets, der zur Tür blickte, aber er war charakterstark genug, sich nicht umzudrehen. Ihm war durchaus klar, dass soeben Jeanne Debul hereingekommen war.

Hinter ihr tauchte Bryan auf und machte eine fragende Geste, woraufhin der Kommissar ihm zu verstehen gab, dass er die Beschattung einstellen konnte.

Sie kam so spät, weil sie nach dem Barbesuch noch hinaufgegangen war, um sich umzuziehen. Sie war zwar nicht in Abendgarderobe, trug aber ein sehr elegantes Kleid, das von einem großen Modeschöpfer stammen musste. Ihr Handgelenk schmückte ein breites Diamantenarmband. An ihren Ohren glitzerten ebenfalls Brillanten.

Sie hatte weder den Kommissar noch Alain bemerkt und ging hinter dem Kellner her, während die meisten der anwesenden Frauen sie eingehend musterten.

Knapp sechs Meter von ihnen entfernt, fast gegenüber von Maigret, wies man ihr einen kleinen Tisch zu. Sie setzte sich und sah sich um, während man ihr die Speisekarte reichte. Sie begegnete Maigrets Blick und nahm dann sofort seinen Begleiter ins Visier.

Maigret lächelte mit der zufriedenen Miene eines Mannes, der gut gegessen hat und den nichts erschüttern kann. Alain dagegen war rot geworden und wagte nicht, sich zu ihr umzudrehen.

»Hat sie mich gesehen?«

»Ja.«

»Was macht sie?«

»Sie führt mich an der Nase herum.«

»Wie meinen Sie das?«

»Sie tut vollkommen unbekümmert, zündet sich eine Zigarette an und beugt sich vor, um die Horsd'œuvres auf dem Servierwagen in ihrer Nähe zu betrachten. Jetzt spricht sie mit dem Kellner und lässt ihre Diamanten funkeln.«

»Sie werden sie ja doch nicht verhaften!«, sagte Alain bitter und in fast herausforderndem Ton.

»Heute werde ich sie nicht verhaften, denn wenn ich so unvorsichtig wäre, käme sie ungeschoren davon.«

»Das wird ihr immer gelingen, während mein Vater ...«

»Nein, nicht immer. Hier in England sind mir die Hände gebunden. Denn ich müsste beweisen, dass sie eins der Verbrechen begangen hat, bei denen die Gesetze eine Auslieferung vorsehen. Sie wird nicht ewig in London bleiben. Sie braucht Paris. Sie wird zurückkehren. Bis dahin habe ich Zeit, mich mit ihr zu befassen. Früher oder später ist sie dran. Manchmal lassen wir die Leute Monate, ja Jahre auf freiem Fuß und in dem Glauben, dass sie uns etwas vormachen können. Du kannst sie ruhig ansehen. Du brauchst dich nicht zu schämen. Sie spielt sich auf, aber sie würde trotzdem lieber in deiner Haut stecken als in ihrer.

Angenommen, ich hätte dich unter ihrem Bett gelassen. Sie wäre hinaufgekommen. Dann wäre sie jetzt ...«

»Sprechen Sie nicht weiter.«

»Hättest du geschossen?«

»Ja.«

»Warum?«

Alain murmelte zwischen zusammengebissenen Zähnen:

»Darum!«

»Bereust du's?«

»Ich weiß es nicht. Es gibt keine Gerechtigkeit.«

»Doch, es gibt eine, und sie tut, was sie kann. Wenn ich heute Abend der liebe Gott wäre und kein Kommissar der Kriminalpolizei, der sich vor seinem Vorgesetzten, dem Untersuchungsrichter, dem Staatsanwalt, ja sogar vor den Journalisten zu verantworten hat, dann würde ich die Dinge anders regeln.«

»Wie denn?«

»Zuerst würde ich vergessen, dass du mir meinen Revolver geklaut hast. Das kann ich übrigens immer noch.

Dann würde ich dafür sorgen, dass ein gewisser Industrieller aus, ich weiß nicht mehr wo, denkt, er hätte seine Brieftasche verloren und wäre nicht mit vorgehaltener Waffe dazu gezwungen worden, sie herauszurücken.«

»Sie war nicht geladen.«

»Bist du sicher?«

»Ich habe vorher extra die Patronen herausgenommen. Ich brauchte doch Geld, um nach London zu kommen.«

»Wusstest du, dass die Debul hier ist?«

»Ich bin ihr morgens gefolgt. Zuerst hab ich versucht, zu ihr hochzugehen. Die Concierge …«

»Ich weiß.«

»Als ich wieder rausgegangen bin, stand ein Polizist vor der Tür. Ich habe mir eingebildet, dass er meinetwegen da war, und bin um den Häuserblock herumgegangen. Als ich zurückkam, war der Polizist nicht mehr da. Ich habe mich im Park versteckt und darauf gewartet, dass sie das Haus verlässt.«

»Um auf sie zu schießen?«

»Vielleicht. Sie muss sich ein Taxi bestellt haben. Ich kam nicht an sie heran, aber zum Glück habe ich ein anderes Taxi gefunden, das aus Puteaux kam. Ich habe sie bis zum Bahnhof verfolgt und gesehen, wie sie in den Zug nach Calais gestiegen ist. Ich hatte nicht mehr genug Geld, um mir eine Fahrkarte zu kaufen.«

»Warum hast du sie nicht getötet, als sie vor der Wagentür stand?«

Alain zuckte zusammen. Sein Blick schien zu fragen, ob er das ernst meinte. Er flüsterte:

»Ich hab mich nicht getraut.«

»Wenn du dich nicht getraut hast, obwohl du mitten in einer Menschenmenge standst, hättest du wahrscheinlich nicht in ihrem Zimmer auf sie geschossen. Bist du deinem Vater mehrere Wochen lang nachgegangen?«

»Ja.«

»Hast du eine Liste der Leute, die er aufgesucht hat?«

»Ich könnte sie aus dem Gedächtnis zusammenstellen. Er war öfter in einer kleinen Bank in der Rue de Chauchat und auch bei einer Zeitung, wo er mit dem stellvertretenden Chefredakteur gesprochen hat. Er hat viel telefoniert und sich unaufhörlich umgesehen, um sicherzugehen, dass ihm niemand folgt.«

»Ist dir da klargeworden, was er trieb?«

»Nicht gleich. Durch Zufall habe ich einen Roman gelesen, in dem es darum ging.«

»Worum?«

»Sie wissen's doch.«

»Erpressung?«

»Dahinter stand sie.«

»Natürlich. Deshalb braucht es etwas Zeit, um sie zu fassen. Ich weiß nicht, wie sie gelebt hat, bevor sie zum Boulevard Richard-Wallace gezogen ist. Wahrscheinlich hat sie ein sehr bewegtes Leben geführt und alle möglichen Leute gekannt. Frauen können die kleinen, vor allem die peinlichen Geheimnisse besser aufdecken als Männer. Da sie nicht mehr jung genug war, um ihren Lebensstil aufrechtzuerhalten, ist ihr der Gedanke gekommen, aus ihrem Wissen Geld zu schlagen.«

»Sie hat meinen Vater benutzt.«

»So ist es. Sie hat sich nicht selbst an ihre Opfer gewandt, um Geld von ihnen zu fordern. Er war ein Mann, den man überall traf und der keinen bestimmten Beruf ausübte. Man wunderte sich nicht zu sehr darüber. Man hat es fast erwartet.«

»Warum sagen Sie das?«

»Weil man der Wahrheit ins Auge sehen muss. Vielleicht war dein Vater immer noch verliebt? Ich denke schon. Menschen wie er bleiben so einer Leidenschaft treu. Jeanne Debul sorgte mehr oder weniger für sein Auskommen. Er lebte in der Angst, geschnappt zu werden. Er schämte sich vor sich selbst. Er wagte nicht mehr, dir in die Augen zu sehen.«

Mit steinerner Miene und hasserfüllten Augen wandte sich Alain zu der Frau um, die ein schwaches, verächtliches Lächeln zur Schau trug.

»Maître d'hôtel, ein Stück Erdbeertorte!«

»Für Sie nicht?«, protestierte Alain.

»Ich esse selten Nachtisch. Bringen Sie mir einen Kaffee und einen Cognac.«

Er schob seinen Stuhl ein wenig zurück und zog seine Pfeife aus der Tasche. Er stopfte sie gerade, als sich der Kellner zu ihm hinunterbeugte und ihm mit entschuldigender Geste etwas zuflüsterte.

Daraufhin steckte Maigret seine Pfeife wieder ein und hielt einen Rollwagen an, der gerade mit Zigarren vorbeifuhr.

»Rauchen Sie nicht Pfeife?«

»Ist hier verboten! Hast du übrigens dein Hotelzimmer bezahlt?«

»Nein.«

»Hast du immer noch den Generalschlüssel, den du im Flur an dich genommen hast? Gib ihn mir.«

Er reichte ihn Maigret über den Tisch.

»Ist die Torte gut?«

»Ja ...«

Er hatte den Mund voll. Im Grunde war er noch ein Kind, das Süßigkeiten nicht widerstehen konnte, und in diesem Augenblick war er vollauf mit seiner Torte beschäftigt.

»Hat er Delteil oft gesehen?«

»Ich hab ihn zweimal in sein Büro gehen sehen.«

War es unbedingt notwendig, die ganze Wahrheit aufzudecken? Es war mehr als wahrscheinlich, dass der Abgeordnete, dessen Frau die Scheidung wollte, der am Ende ohne einen Sou dagestanden und sein Stadtpalais in der Avenue Henri-Martin hätte aufgeben müssen, aus seinem Einfluss Kapital schlagen wollte. Bei ihm war das schlimmer als bei jedem anderen, denn er hatte seine politische Karriere darauf gegründet, Skandale und üble Machenschaften aufzudecken.

War Jeanne Debul dabei zu weit gegangen? Maigret kam ein anderer Gedanke.

»Hat dein Vater nicht mehr davon gesprochen, mit eurer bisherigen Lebensweise Schluss zu machen?«

Trotz der Erdbeertorte hob Alain den Kopf und blickte ihn plötzlich misstrauisch an.

»Was wollen Sie damit sagen?«

»Früher hat er doch regelmäßig angekündigt, es werde alles anders. Dann kam eine Zeit, in der er anscheinend nicht mehr an sein Glück geglaubt hat.«

»Er hat trotzdem noch gehofft.«

»Aber nicht mehr so sehr, oder?«

»Stimmt.«

»Und in letzter Zeit?«

»Zwei- oder dreimal hat er davon gesprochen, in den Süden zu ziehen.«

Maigret fragte nicht weiter nach. Es machte ihn betroffen. Es war sinnlos, dem Sohn seine Schlussfolgerungen zu erklären.

Hatte es sich François Lagrange, der seit zwei Jahren Botengänge für die Debul machte und für den dabei nicht viel abfiel, in den Kopf gesetzt, auf eigene Faust zu arbeiten?

Angenommen, Jeanne Debul hatte ihm aufgetragen, hunderttausend Franc von Delteil zu fordern, was eine hübsche Summe war. Und der Baron verlangte stattdessen eine Million? Oder noch mehr? Er war jemand, der gern mit großen Zahlen um sich schmiss, der sein Leben lang mit nicht vorhandenen Vermögen jonglierte …

Delteil hatte beschlossen, nicht zu zahlen …

»Wo warst du in der Nacht von Dienstag auf Mittwoch?«

»Im Kino.«

»Hat dein Vater dich gebeten, auszugehen?«

Er überlegte. Dieser Gedanke kam ihm zum ersten Mal.

»Ich glaub schon. Er hat mir gesagt … Ich glaube, er hat von einem Film gesprochen, der ausschließlich an den Champs-Élysées lief.«

»Lag er schon im Bett, als du nach Hause kamst?«

»Ja, ich hab ihm wie jeden Abend einen Gutenachtkuss gegeben. Es ging ihm nicht gut. Er hat mir versprochen, zum Arzt zu gehen.«

»Kam dir das nicht komisch vor?«

»Doch.«

»Warum?«

»Ich weiß nicht. Ich habe mir Sorgen gemacht. Ich konnte nicht gut einschlafen. In der Wohnung war ein seltsamer Geruch, es roch nach amerikanischen Zigaretten. Morgens bin ich aufgewacht, als es gerade hell wurde, und durch alle Zimmer gegangen. Mein Vater schlief noch. Mir fiel auf, dass der Abstellraum, mein früheres Zimmer, abgeschlossen war und der Schlüssel nicht im Schloss steckte. Ich habe die Tür geöffnet.«

»Wie?«

»Mit einem Dietrich. Den Trick habe ich von meinen Mitschülern gelernt. Man biegt ein dickes Stück Eisendraht auf eine bestimmte Weise und …«

»Ich weiß. Das hab ich auch gemacht.«

»In meiner Schublade liegt immer so ein Dietrich. Ich habe den Koffer in der Mitte des Zimmers gesehen und den Deckel hochgehoben.«

Jetzt war es besser, schnell vorzugehen.

»Hast du mit deinem Vater gesprochen?«

»Das konnte ich nicht.«

»Bist du sofort aus der Wohnung gegangen?«

»Ja. Ich bin über die Straßen gelaufen. Ich wollte zu dieser Frau.«

Es hatte eine Szene gegeben, deren Einzelheiten man nie erfahren würde, es sei denn, der Baron gäbe es eines Tages auf, den Verrückten zu spielen: jene Szene, die sich in der Wohnung zwischen François Lagrange und André Delteil abgespielt hatte. Alain brauchte das nicht zu interessieren. Es war nicht nötig, sein Bild von seinem Vater zu zerstören.

Wenig sprach dafür, dass der Abgeordnete in der Absicht gekommen war, den anderen umzubringen. Viel wahrscheinlicher war es, dass er notfalls durch eine Drohung wieder in den Besitz der Dokumente kommen wollte, mit denen man ihn erpresste.

War es nicht ein ungleicher Kampf? Delteil hatte Biss. Er war ein Mann, der ans Kämpfen gewöhnt war, und stand einem ausgemachten Angsthasen gegenüber, der um sein Leben zitterte.

Die Unterlagen waren nicht in der Wohnung. Selbst wenn er es gewollt hätte, hätte Lagrange sie ihm nicht geben können.

Was hatte er getan? Vermutlich hatte er geweint, gefleht, um Verzeihung gebeten. Er hatte versprochen …

Währenddessen war er wie hypnotisiert von dem Revolver, mit dem man ihn bedrohte.

Schließlich gewann er den Kampf doch, gerade aufgrund seiner Schwäche. Wie bemächtigte er sich der Waffe? Durch welche List lenkte er die Aufmerksamkeit des Abgeordneten ab?

Jedenfalls zitterte er nicht mehr. Jetzt war es an ihm, laut zu reden, zu drohen …

Wahrscheinlich hatte er nicht einmal absichtlich auf den Abzug gedrückt. Dafür war er zu feige, schon seit dem Gymnasium zu sehr daran gewöhnt, den Kopf einzuziehen und Tritte in den Hintern zu kassieren.

»Dann bin ich zu Ihnen gegangen.«

Alain drehte sich zu Jeanne Debul um, die vergeblich versuchte, einige ihrer Worte aufzuschnappen. Der Lärm im Grillroom, das Klirren von Geschirr, Messern und Gabeln, das Gemurmel, das Lachen und die Musik, die aus dem großen Saal herüberklang, machten es ihr unmöglich, etwas zu hören.

»Wollen wir gehen?«

Alains Blick schien zu protestieren:

»Lassen Sie sie etwa hier?«

Auch die Frau war überrascht, dass Maigret an ihr vorbeiging, ohne sie auch nur anzusprechen. Es erschien ihr zu leicht. Vielleicht hatte sie auf einen Skandal gehofft, der ihr in die Hände gespielt hätte.

In der Lobby, wo er endlich seine Pfeife aus der

Tasche ziehen konnte und die Zigarre triumphierend in den Sand eines riesigen Aschenbechers drückte, murmelte Maigret:

»Wartest du einen Augenblick auf mich?«

Er ging zum Portier.

»Wann geht ein Flugzeug nach Paris?«

»Eins startet in zehn Minuten, aber das erreichen Sie natürlich nicht mehr. Das nächste geht morgen früh um halb sieben. Soll ich Ihnen einen Platz reservieren?«

»Zwei.«

»Auf welche Namen?«

Er nannte sie ihm. Alain hatte sich nicht vom Fleck gerührt und betrachtete nachdenklich die Lichter von The Strand.

»Noch einen Augenblick. Ich muss telefonieren.«

Dafür musste er jetzt nicht mehr an der Rezeption bleiben, sondern konnte in eine der Telefonzellen gehen.

»Sind Sie's, Pyke? Entschuldigen Sie, dass ich weder mit Ihnen zu Mittag noch zu Abend essen konnte. Ich kann Sie leider auch morgen nicht mehr sehen, da ich in aller Früh zurückfliege.«

»Mit dem Flieger um halb sieben? Ich bringe Sie hin.«

»Aber …«

»Bis dahin.«

Es war besser, ihn gewähren zu lassen, sonst wäre er ja doch nicht zufrieden. Merkwürdig, Maigret war plötzlich gar nicht mehr müde.

»Sollen wir draußen ein paar Schritte gehen?«

»Wenn Sie möchten.«

»Ich hätte auf meiner Reise sonst keinen Fuß auf einen Londoner Gehweg gesetzt.«

Das stimmte. Kam es daher, dass er sich dessen bewusst war, im Ausland zu sein? Es schien ihm, als leuchteten die Laternen anders als in Paris, als hätte die Nacht eine andere Farbe und selbst die Luft einen anderen Geruch.

Gemächlich schlenderten sie beide dahin, betrachteten die Eingänge der Kinos und Bars. Hinter Charing Cross kamen sie auf einen riesigen Platz mit einer Säule in der Mitte.

»Bist du heute früh hier vorbeigekommen?«

»Ich glaube schon. Es kommt mir bekannt vor.«

»Trafalgar Square.«

Es machte ihm Spaß, vor seiner Abreise mehrere altbekannte Ecken wiederzuentdecken. Er führte Alain bis zum Piccadilly Circus.

»Jetzt können wir nur noch schlafen gehen.«

Alain hätte fliehen können. Maigret hätte keinen Finger gerührt, um ihn daran zu hindern. Aber er wusste, der junge Mann würde es nicht tun.

»Ich habe trotzdem noch Lust auf ein Bier. Hättest du was dagegen?«

Es war weniger das Bier als die Atmosphäre eines Pubs, die Maigret suchte. Alain trank nichts und wartete schweigend.

»Gefällt dir London?«

»Ich weiß nicht.«

»In ein paar Monaten kannst du vielleicht wiederkommen. Denn man wird dir höchstens ein paar Monate aufbrummen.«

»Werde ich meinen Vater sehen?«

»Ja.«

Kurz darauf schluchzte er, aber Maigret tat, als bemerkte er es nicht.

Als sie ins Hotel zurückkamen, steckte der Kommissar etwas Geld und den Generalschlüssel in einen Umschlag, den er ans Hotel Gilmore adressierte.

»Beinahe hätte ich ihn mit nach Frankreich genommen!«

Dann zu Alain, der unschlüssig dastand:

»Kommst du?«

Sie fuhren im Fahrstuhl hinauf. In Jeanne Debuls Zimmer brannte Licht. Vielleicht erwartete sie Maigrets Besuch. Da konnte sie lange warten.

»Komm rein. Es gibt zwei Einzelbetten.«

Und da sein Begleiter verlegen wirkte:

»Du kannst dich angezogen ins Bett legen, wenn dir das lieber ist.«

Um halb sechs wurde er aus einem tiefen, traumlosen Schlaf geweckt. Alain hingegen konnte das Klingeln des Telefons nicht aus dem Schlaf reißen.

»Steh auf, mein Junge!«

Hatte François Lagrange die Gewohnheit, seinen Sohn zu wecken?

Bis zum Schluss war dies eine Ermittlung wie keine andere.

»Ich bin trotzdem sehr froh.«

»Worüber?«

»Dass du nicht geschossen hast. Sprechen wir nicht mehr davon …«

Pyke erwartete sie in der Lobby, genauso gekleidet wie am Vortag. Es war wieder ein strahlender Morgen.

»Ein schöner Tag, was?«

»Herrlich!«

Der Wagen stand vor der Tür. Maigret fiel plötzlich ein, dass er vergessen hatte, die beiden einander vorzustellen. »Alain Lagrange. Mister Pyke, ein Freund von Scotland Yard.«

Pyke bedeutete ihm, dass er verstanden hatte, und stellte keine Fragen. Während der ganzen Fahrt sprach er von den Blumen in seinem Garten und der erstaunlichen Farbe einer Hortensie, die er erst nach jahrelangem Herumprobieren erzielt hatte.

Als das Flugzeug abhob, war keine Wolke am

Himmel, nur ein leichter Morgennebel lag in der Luft.

»Was ist das?«, fragte der junge Mann und deutete auf die Papiertüten, die den Fluggästen zur Verfügung standen.

»Für den Fall, dass jemandem schlecht wird.«

Ob es an dieser Antwort lag, dass Alain ein paar Minuten später erst blass, dann grün wurde und sich mit verzweifeltem Blick über seine Tüte beugte?

Dabei hatte er sich so sehr gewünscht, dass ihm nicht schlecht würde, vor allem nicht vor Kommissar Maigret!

9

Wo Maigret *tête de veau en tortue* entdeckt und Madame Maigret London beschreibt

Sie hatten sich wie sonst auch verabredet, nur dass diesmal seit dem letzten Abendessen kein ganzer Monat verstrichen war, bei Weitem nicht. Zunächst Pardons Stimme am Telefon:

»Sind Sie morgen Abend frei?«

»Wahrscheinlich.«

»Selbstverständlich mit Ihrer Frau.«

»Ja.«

»Mögen Sie *tête de veau en tortue?*«

»Kenn ich nicht.«

»Essen Sie Kalbskopf?«

»Ganz gern.«

»Dann wird er Ihnen auch *en tortue* schmecken. Das ist ein Gericht, das ich auf einer Belgienreise entdeckt habe. Na, Sie werden sehen. Ich weiß nur nicht, welchen Wein man dazu serviert. Vielleicht Bier?«

Im letzten Augenblick tendierte Pardon doch zu einem leichten Beaujolais, wie er auf fast wissenschaftliche Art erklärte.

Maigret und seine Frau legten den Weg zu Fuß zurück und vermieden es, einander anzusehen, als sie an der Rue Popincourt vorbeikamen. Jussieu aus dem Labor des Gerichtsmedizinischen Instituts war schon da. Madame Maigret zufolge merkte man ihm das Junggesellenleben an.

»Ich wollte Professor Journe einladen. Er hat mir geantwortet, er esse nie in der Stadt. Schon seit zwanzig Jahren hat er nicht ein einziges Mal außer Haus gegessen.«

Die Balkontür stand offen. Das schmiedeeiserne Geländer zeichnete seine Arabesken in die zunehmend bläuliche Luft.

»Ein wunderbarer Abend, nicht wahr?«

Über Maigrets Gesicht huschte ein leises Lächeln, das die anderen nicht verstehen konnten. Er nahm sich noch zweimal vom *tête de veau*. Beim Kaffee hielt Pardon, der selbst Zigarrenraucher war, Maigret gedankenverloren die Zigarrenkiste hin.

»Danke! Nur im Savoy.«

»Du hast im Savoy Zigarre geraucht?«, fragte seine Frau überrascht.

»Mir blieb ja nichts anderes übrig. Man hat mir ins Ohr geflüstert, dass Pfeiferauchen verboten sei.«

Pardon hatte dieses Abendessen nur veranstaltet, um über den Fall Lagrange zu reden, aber alle hüteten sich, das Thema anzuschneiden. Man unterhielt sich träge über dieses und jenes, aber nicht über das, woran alle dachten.

»Haben Sie einen Abstecher zu Scotland Yard gemacht?«

»Dafür hatte ich keine Zeit.«

»Wie sind denn Ihre Beziehungen zu denen?«

»Ausgezeichnet. Das sind die taktvollsten Leute, die man sich vorstellen kann.«

Das meinte er ernst. Er dachte mit einer gewissen Rührung an Mister Pyke, der ihm zum Abschied, als das Flugzeug abhob, gewinkt hatte und im Innersten vielleicht bewegt gewesen war.

»Viel Arbeit am Quai des Orfèvres im Augenblick?«

»Nur das Übliche. Viele Kranke im Viertel?«

»Auch nur das Übliche.«

Eine Weile sprach man dann von Krankheiten. Erst um zehn Uhr entschloss sich Pardon, Maigret zuzuflüstern:

»Haben Sie ihn gesehen?«

»Ja. Und Sie?«

»Ich war zweimal bei ihm.«

Die Frauen taten diskret so, als hörten sie nichts, während Jussieu, dessen Abteilung nichts mehr mit der Sache zu tun hatte, zum Fenster hinausblickte.

»Hat man ihm seinen Sohn gegenübergestellt?«

»Ja.«

»Hat er etwas gesagt?«

Maigret schüttelte den Kopf.

»Immer noch die alte Leier?«

Denn François Lagrange blieb bei seiner ursprünglichen Haltung und zog sich in sich zurück wie ein verängstigtes Tier. Sobald sich ihm jemand näherte, wich er zur Wand zurück und hielt sich einen Arm vors Gesicht, als wollte er sich vor Schlägen schützen:

»Schlagen Sie mich nicht. Ich will nicht, dass man mich schlägt.«

Manchmal gelang es ihm, richtig mit den Zähnen zu klappern.

»Was hält Journe davon?«

Diesmal war es Maigret, der die Frage stellte.

»Journe ist ein Gelehrter, wohl einer unserer besten Psychiater. Er ist aber auch ein Mann, den die Angst vor der Verantwortung quält.«

»Das kann ich verstehen.«

»Außerdem ist er seit jeher ein Gegner der Todesstrafe.«

Maigret gab dazu keinen Kommentar ab und zog bedächtig an seiner Pfeife.

»Als ich einmal mit ihm übers Angeln sprach, hat er mich entsetzt angeblickt. Er tötet nicht einmal Fische.«

»Sodass …?«

»Wenn François Lagrange noch einen Monat durchhält …«

»Wird er durchhalten?«

»Angst genug hat er. Es sei denn, jemand treibt ihn in die Enge …«

Pardon blickte Maigret eindringlich an. Das war der Grund für dieses Abendessen, die Frage, die er schon lange stellen wollte, doch auch jetzt nur mit einem Blick andeutete.

»Mich«, murmelte der Kommissar, »geht das nichts mehr an. Ich habe meinen Bericht abgegeben. Richter Rateau wird sich an den Rat der Experten halten.«

Warum machte Pardon ein Gesicht, als wollte er ihm danken? Das war peinlich. Maigret verübelte ihm diese Taktlosigkeit ein wenig. Es stimmte doch, dass ihn die Sache nichts mehr anging. Natürlich hätte er …

»Ich habe jetzt andere Sorgen«, sagte er seufzend und erhob sich, »unter anderem eine gewisse Jeanne Debul. Sie ist gestern nach Paris zurückgekehrt. Noch sitzt sie auf ihrem hohen Ross. Aber ich hoffe, sie in spätestens zwei Monaten in meinem Büro zu haben, unter vier Augen.«

»Man könnte meinen, sie habe dir persönlich etwas angetan«, bemerkte Madame Maigret, die dennoch so aussah, als hätte sie nicht zugehört.

Man sprach nicht mehr davon. Eine Viertelstunde später hakte sich Madame Maigret auf der dunklen Straße bei ihrem Mann unter.

»Das ist seltsam«, sagte er. »In London sehen die Laternen zwar fast genauso aus, aber …«

Unterwegs begann er ihr The Strand, Charing Cross, Trafalgar Square zu beschreiben.

»Ich dachte, du hättest kaum Zeit zum Essen gehabt.«

»Ich bin abends nach dem Essen noch ein bisschen hinausgegangen.«

»Ganz allein?«

»Nein, mit ihm.«

Sie fragte nicht, wen er meinte. Als sie sich dem Boulevard Richard-Lenoir näherten, musste er wohl an den Pub denken, wo er vorm Schlafengehen ein Bier getrunken hatte. Davon bekam er Durst.

»Würde es dir was ausmachen, wenn ich …«

»Aber nein! Geh ruhig etwas trinken. Ich warte auf dich.«

Denn es war ein kleines Bistro, in dem sie sich fehl am Platz gefühlt hätte. Als er herauskam und sich noch den Mund abwischte, ergriff sie wieder seinen Arm.

»Eine schöne Nacht …«

»Ja …«

»Voller Sterne.«

Warum verfinsterte sich für einen Moment seine Miene, als er eine Katze sah, die vor ihnen Reißaus nahm und sich in ein Kellerfenster flüchtete?

Shadow Rock Farm, Lakeville (Connecticut)
Juni 1952

Maigret
Band M28

Georges Simenon
Maigret macht Ferien
Aus dem Französischen von
Jean Raimond und Bärbel Brands
256 Seiten, Taschenbuch
ISBN 978-3-455-00731-2
Atlantik Verlag

Der unermüdliche Kommissar Maigret gönnt sich einen Urlaub mit seiner Frau. Doch Madame Maigret hat nicht lange Freude daran – kaum in Les Sables-d'Olonne an der Atlantikküste angekommen, zwingt eine Blinddarmentzündung sie ins Krankenhaus. Als der Kommissar sie dort besucht, wird er durch einen mysteriösen Zettel in seiner Tasche auf eine junge Patientin aufmerksam, die kurz darauf ihren Verletzungen erliegt – unter höchst verdächtigen Umständen. Eigentlich ist Maigret ja nicht im Dienst, aber was zählt das schon, wenn es einen Fall zu lösen gilt?

»Maigret ist der Kommissar der Kommissare.«
Jean-Luc Bannalec